文
景

Horizon

社 科 新 知　文 艺 新 潮

文景古典 · 名译插图本

阿里斯托芬喜剧集

马蜂

罗念生——译

喜剧中仆人的面具

大理石，公元前 2 世纪

现藏于雅典国立考古博物馆

Mark Cartwright 摄

古希腊戏剧面具

马赛克，2 世纪

现藏于卡比托利欧博物馆

Carole Raddato 摄

陪审团

约翰·摩根（John Morgan）作

布面油画，1861 年

现藏于白金汉郡博物馆

《马蜂》于国王学院上演

悉尼·普赖尔·霍尔（Sydney Prior Hall）作

版画，1895年

藏处不详

目　录

马　蜂

马　蜂

根据霍尔（F. W. Hall）和吉尔达特（W. M. Geldart）校勘的《阿里斯托芬的喜剧》（*Aristophanes Comoediae*, Oxford, 1954）希腊原文译出，并且参考了格雷夫斯（C. E. Graves）校勘的《阿里斯托芬的马蜂》（*The Wasps of Aristophanes*, Cambridge, 1899）一书的注解。

场　次

人　物

（以上场先后为序）

索西阿斯（Sosias） 菲罗克勒翁（Philokleon）的仆人

珊提阿斯（Xanthias） 菲罗克勒翁的仆人

布得吕克勒翁[1] 菲罗克勒翁的儿子

菲罗克勒翁[2] 陪审员

歌队 由24个陪审员组成，他们化装为马蜂

童子若干人 其中一人是歌队长的儿子

狗甲 影射克勒翁

狗乙 名叫拉柏斯（Labes），影射拉刻斯[3]

一群小狗 拉柏斯的儿女

仆人若干人 布得吕克勒翁的仆人，其中一人名叫克律索斯（Khrysos）

双管吹手

一群客人 菲罗克勒翁的酒友

妇人 卖面包的妇人，名叫密耳提亚（Myrtia）

开瑞丰 苏格拉底的门徒[4]

控诉人

证人 控诉人的证人

螃蟹甲　卡耳客诺斯（Karkinos）的二儿子

螃蟹乙　卡耳客诺斯的大儿子

螃蟹丙　卡耳客诺斯的小儿子

卡耳客诺斯　悲剧诗人[5]

布　景

雅典街道；背景里有一所房屋，是菲罗克勒翁的住宅，用网罩着

时　代

公元前 422 年

一　开场

索西阿斯和珊提阿斯坐在大门外，布得吕克勒翁躺在屋顶上。

索西阿斯　喂，苦命的珊提阿斯，你怎么啦？

珊提阿斯　我在想办法摆脱这守夜的责任。

索西阿斯　那么你的皮肉就会吃很大的苦头。你知道不知道我们看守的是一个什么样的怪物？

珊提阿斯　当然知道；可是我想睡上一会儿，解解闷。

珊提阿斯入睡。

索西阿斯　那你就冒冒险吧；甜蜜的瞌睡也落到了我的眼皮上。

索西阿斯入睡，突然一跃而起。

珊提阿斯 你是疯了，还是在跳科律巴斯舞[6]？

索西阿斯 （拿出一瓶酒来喝）不是；是萨巴梓俄斯送来的瞌睡把我缠住了。[7]

珊提阿斯 你和我一样，侍奉同一个酒神。方才有个瞌睡神，像波斯人那样向我的眼皮进攻[8]；于是我做了个怪梦。

索西阿斯 我也做了个梦，真的，那样的梦我从来没有做过。还是你先讲你的吧。

珊提阿斯 我仿佛看见一只很大的鹰降落在市场上，在那里抓住一根像蛇一样的藤（谐“盾”）——是铜打的。——它把这块盾带到天上去；后来我仿佛看见克勒俄倪摩斯

19 把它扔掉了[9]。

索西阿斯 这么说来，克勒俄倪摩斯这名字就成了一个迷语了。

珊提阿斯 这话怎么讲？

索西阿斯 有人会问他的酒友：“什么动物把它的盾扔下地，扔上天，扔进海？”[10]

珊提阿斯 哎呀，我做了这样的梦，会有什么祸事？

26 **索西阿斯** 别担心！我以众神的名义保证你无祸无灾。

珊提阿斯 可是有人扔掉武器，总是个不祥之兆。还是把你

的梦讲给我听吧。

索西阿斯 我的梦有重大意义，和城邦这整条船有关系[11]。

珊提阿斯 快把这件事的龙骨[12]告诉我。

索西阿斯 在头一觉里，我仿佛看见一群羊拿着官棍[13]，披着小斗篷，坐在普倪克斯冈上[14]开大会。后来我仿佛看见一条贪吃的鲸鱼[15]，像一条肥猪那样叫吼，向羊群发表演说。

珊提阿斯 呸！

索西阿斯 怎么啦？

珊提阿斯 得了，得了，别说了。你的梦有腐朽的皮革气味，臭得很。[16]

索西阿斯 后来那可恶的鲸鱼用天平来称肥肉[17]。

珊提阿斯 哎呀！他想把人民分化为两部分[18]。

索西阿斯 我仿佛看见那个长着乌鸦头的忒俄洛斯[19]坐在他身旁的地下。后来阿尔喀比阿得斯咬着舌头对我说："你看见没有？忒俄洛斯长着阿谀的枯鸦的头。"[20]

珊提阿斯 阿尔喀比阿得斯是个咬舌儿，你倒是说对了。

索西阿斯 忒俄洛斯变成了乌鸦，岂不是不祥之兆？

珊提阿斯 一点不是，而是最好的兆头。

索西阿斯　这话怎么讲？

珊提阿斯　怎么讲吗？他本来是人，突然变成了乌鸦，这不是明白地表示，他将离开我们，被吊起来喂乌鸦吃吗？

索西阿斯　这样善于圆梦的人，难道不值得我花两个俄玻罗斯[21]雇下来？

珊提阿斯　让我向观众说明剧情，先讲几句开场白。（向观众）不要盼望我们谈论非常重大的事情，也不要盼望我们盗用墨伽拉笑料[22]。我们这里没有奴隶从篮子里掏出果子来扔给观众[23]，没有赫剌克勒斯受骗，得不到吃喝[24]，也没有欧里庇得斯被人讥笑[25]；不管克勒翁怎样走运、显赫一时[26]，我们也不再把他剁成肉末。我们要讲的是一个小小的故事，可是很有意义，对你们来说，也不算深奥[27]，然而这出戏和普普通通的喜剧比起来却是高明得多。我们有个主人，他是个大人物，就睡在那屋顶上。他把他父亲关在屋里，叫我们在这里看守着，免得他溜出大门。只因为他父亲害了一种怪病，那样的病你们谁也没有见过，谁也猜不着，除非我告诉你们。你们不信，就猜猜看。（作倾听状）阿密尼阿斯，普洛那珀斯的儿子[28]说他爱掷骰子。猜错了。

索西阿斯　猜错了，因为他是从他自己的毛病上着想。

珊提阿斯　虽然猜得不对，但是这“爱”字却是那种病的字首。（作倾听状）索西阿斯对得耳库罗斯[29]说，他爱喝酒。

索西阿斯　一点不对；那是老好人的毛病。

珊提阿斯　（作倾听状）斯坎玻尼代乡的尼科特剌托斯说，他不是爱献祭，就是爱招待客人。[30]

索西阿斯　我以狗[31]的名义说，尼科特剌托斯，他并不爱招待客人；所谓菲罗克塞诺斯，是指淫荡的人[32]。

珊提阿斯　你们是白费唇舌；你们猜不着。你们如果想知道，就别说话了。我这就把我们主人的疯病告诉你们。他爱审案子，没有人像他那样爱的了。他就是喜欢干这件事——当陪审员；要是没有坐上前排的凳子，他就唉声叹气。他夜里一点也睡不着。要是打个盹，他的灵魂就在梦里绕着漏壶[33]飞呀飞。他把判决票拿在手里成了习惯，醒来时还是三个指头合在一起，就像月初焚献乳香一样。要是看见大门上写着“得摩斯，皮里兰珀斯的儿子真俊俏”[34]，他就去到那里，在旁边写上“刻摩斯[35]真俊俏”。有一次他的公鸡在黄昏时候打鸣，他就说它接受了那些受审查的官吏的贿赂，把他叫醒得太晚了。[36]晚饭刚吃完，他就叫嚷:“毡鞋，毡鞋！”他天不亮就赶到法院去，事先打个盹，象一只蜮贝那样粘在柱子上[37]。他总是怒气冲冲地划一条长线，判处每个罪人以重刑[38]，然后指甲上粘满了蜡，像一只蜜蜂或野蜂回到家里来。他担心票不够用，在家里保存着一海滩的贝壳，以备判决之用。这就是他的疯病；你越规劝他，他越要去审判。[39]所以我们把门杠上，在这里看守着，免得他跑了出来。他的儿子因为他有疯病，心里很发愁。他起初好言好语劝他不要披上斗篷，不要出门；可是劝不动他。他然后给他沐浴，举行被除礼；可是一点不见效。他后来又为他举行科律巴斯仪式[40]；他却把铜鼓抢走，径直跑到新法院[41]去参加审判。这些仪式都不见效，他儿子就用船把他运到埃癸纳，强迫他夜里睡在医神庙里；[42]可是天还没亮，他已经在栅栏门[43]前露面了。从此我们再也不让他出来。可是他总是穿过水沟和洞孔，想要逃跑；我们又把每个缝隙用破布塞上，堵得死死的。他却在墙上钉一些木钉，像乌鸦那样跳出来。我们这才用网把整个屋子团团围住，在

这里看守着。老头儿叫菲罗克勒翁，这名字真奇怪；他儿子叫布得吕克勒翁，是个喷鼻息的高傲的人。 135

布得吕克勒翁 （自屋顶）珊提阿斯，索西阿斯，你们是睡着了吗？

珊提阿斯 哎呀！

索西阿斯 什么事？

珊提阿斯 布得吕克勒翁醒了。

布得吕克勒翁 还不快来一个人？我父亲进厨房了，像一只老鼠那样钻进去打洞。好好看守着，免得他从澡盆的排水孔里溜了出来。把大门顶住。

索西阿斯 是，主人。 142

布得吕克勒翁 波塞冬[44]，我的主啊！烟囱作响，是怎么回事？

菲罗克勒翁自烟囱里露出头来。

喂，你是谁？

菲罗克勒翁 我是烟子往外冒。

布得吕克勒翁 是烟子吗？让我看看是什么木柴烧出来的。

菲罗克勒翁 是无花果树的木柴烧出来的。 145

布得吕克勒翁 天哪，这种烟子最呛人，还不快退下去？烟囱盖在哪里？下去！

菲罗克勒翁退下。

我要给你上上另一道横杠。你在里面另想办法吧。

没有人像我这样不幸——我将被称为卡普尼阿斯[45]
151 的儿子了。

索西阿斯 他在推门。

布得吕克勒翁 做个好汉，使劲顶住！我就来帮你的忙。当心锁[46]，注意门杠，免得他把插销啃烂了。

布得吕克勒翁自屋顶下到场中。

菲罗克勒翁 （自内）你们要干什么？最可恶的东西，还不快放我去审判？不然的话，德刺孔提得斯[47]就会无罪
157 获释。

布得吕克勒翁 这件事使你忧心吗？

菲罗克勒翁 （自内）是的；因为有一次我去求神示，得尔福
160 的神[48]警告我说，若有人无罪获释，我将干瘪而死。

布得吕克勒翁 救主阿波罗啊，这神示多么可怕！

菲罗克勒翁 （自内）我求你让我出门，免得我气破肚皮。

布得吕克勒翁 我凭波塞冬起誓，菲罗克勒翁，我决不让你出来。

菲罗克勒翁　（自内）那我就把网咬破。 164

布得吕克勒翁　可是你没有牙齿。

菲罗克勒翁　（自内）哎呀！我怎样才能杀死你？怎样杀？快给我一把剑或是一块定罪板[49]。

布得吕克勒翁　这人想犯一种严重的罪行。 168

菲罗克勒翁　（自内）不，我只想把毛驴牵出去，连驮篮一起卖掉，因为今天是初一[50]。

布得吕克勒翁　我不能去卖吗？

菲罗克勒翁　（自内）你不如我会卖。

布得吕克勒翁　我比你会卖。把毛驴牵出来！ 173

珊提阿斯　他假心假意扔出一个借口，哄骗你把他放出来。

布得吕克勒翁　这个饵子没有钓着鱼；我已经看出他搞的鬼把戏。我要进去把毛驴牵出来，免得老爷子再从里面东张西望。

布得吕克勒翁进屋把毛驴牵出来。

驮驴，你哭什么？是不是因为今天要把你卖掉？走快一点！你哼什么？莫非你还带着一个俄底修斯[51]？

索西阿斯　真的，是有一个人在它肚子底下爬着。 182

布得吕克勒翁　是谁？让我看看。怎么回事？你这家伙，你是谁？

菲罗克勒翁　我叫乌提斯。[52]

布得吕克勒翁　你叫乌提斯吗？是哪里人？

菲罗克勒翁　伊塔刻人[53]，是陶范（谐“逃犯”）的儿子。

布得吕克勒翁　乌提斯，你乐不成了！（向索西阿斯和珊提阿斯）快把他从那底下拖出来！最可恶的东西，他在那

186 底下爬着，活像是嗯啊嗯啊叫的传票证人[54]的崽子。

索西阿斯和珊提阿斯把菲罗克勒翁拖出来。

菲罗克勒翁　你们不让我安静，我们就得打一场官司。

布得吕克勒翁　为什么事打官司？

菲罗克勒翁　为驴荫[55]。

192 **布得吕克勒翁**　你是个有着小小聪明的卑鄙小人，胆大妄为。

菲罗克勒翁　我是个卑鄙小人吗？绝对不是；你还不知道我是个最可口的人；等你咬一口老陪审员的尿脬（谐“腰包”），也许你就会明白了。

布得吕克勒翁　快推着毛驴，推着你自己进屋！

197 **菲罗克勒翁**　陪审伙伴们啊，克勒翁啊，快来救我！

菲罗克勒翁连同毛驴一起被推进大门。

布得吕克勒翁　大门一关，你就在里面叫嚷吧。（向一仆人）

推一些石头顶上大门[56]，把插销插在门杠里，把木棒支上，赶快把大石臼滚过去！[57]

索西阿斯　哎呀，哪儿掉下来的泥块打了我的头？ 203

珊提阿斯　也许是老鼠把它从上面弄下来打了你的。

索西阿斯　是老鼠吗？不，是那个家鼠陪审员，他正在从瓦底下爬出来。

菲罗克勒翁自屋顶出现。

布得吕克勒翁　哎呀，不好了，那人变成了麻雀，就要飞走了。我的网在哪里，在哪里？嘘，嘘，嘘，快回来！

菲罗克勒翁自屋顶退下。

我宁可看守斯客翁涅[58]也不愿看守我的父亲。 210

索西阿斯　到底把他吓唬回去了；他再也溜不掉，躲不过我们的注意，我们为什么不睡一会儿，不睡一会儿？

布得吕克勒翁　你这坏蛋！一会儿我父亲的陪审伙伴就要来叫他了。

索西阿斯　什么话？现在天色还暗着呢。

布得吕克勒翁　是的；他们一定是起床起晚了。他们总是半夜里就来叫他，打着灯笼，哼着佛律尼科斯的古老而甜蜜的西顿曲[59]，这样唤他出门。

222 **索西阿斯** 如果必要的话，我们就扔石头打他们。

布得吕克勒翁 你这坏蛋，敢扔石头！你惹了这些老头儿，就像惹了一窝马蜂一样。他们个个屁股上都有一根非常尖锐的刺，用来螫人；他们一边嚷，一边跳，他们的刺像火花那样发射。

索西阿斯 别担心！只要我有石头，我就能把这一大窝陪审马蜂打得落花流水。

布得吕克勒翁、索西阿斯和珊提阿斯坐在大门外打盹。

二 进场

一队作马蜂打扮的陪审员自观众右方进场，一些童子给他们打灯笼。

歌队长 （唱）前进，奋勇前进！科弥阿斯[60]，你的脚步太拖沓了。你从前不是这样子，而是像狗皮鞭子那样坚韧；如今连卡里那得斯[61]都比你走得快。孔梯勒乡的斯律摩多洛斯，最好的陪审伙伴啊，欧厄耳癸得斯在哪里，佛吕亚乡的卡柏斯在哪里？[62]啊，啊，你来了，当年在拜占庭并肩作战的青年中的残存者[63]，你该记得那时候我和你守夜，有一天晚上，我们踱来踱去，悄悄地偷了面包铺老板娘的揉面盆，把它劈来当柴烧，煮野菜[64]吃。朋友们，我们快步走呀，因为今天要审判拉刻斯[65]；人人都说他有一大堆钱。所以克勒翁，我们的保护人，昨天就吩咐我们及早出庭，随身带足向他发泄三天的强烈的忿怒[66]，好惩罚他的罪行。同年岁的伙伴们，让我们趁天没亮加快步伐。一路上用灯笼到处照照，看有没有石头当道，妨害我们。

童子 爸爸，爸爸，当心稀泥！

歌队长 从地下捡一根树枝把灯花拨掉。

童子 不；我可以用这个把灯芯抠出来。

歌队长 傻孩子，在橄榄油[67]奇缺的时候你为什么用手指头把灯芯抠出来？这么贵的油也得买，你却一点不心痛。

歌队长给童子一拳。

童子 你们要是再拿拳头教训我们，我们就吹熄灯笼回家去；那样一来，你们没有了亮光，也许会象黑尾鹬那样在黑暗中搅稀泥。

歌队长 比你大的人，我都知道怎么惩治他们。我好像踩着了稀泥。顶多四天，神一定下雨；灯芯开了花，它一开花，准下大雨[68]。那些迟迟才结果的树木正需要雨水和北风。这屋里的陪审伙伴怎么了，为什么还不出来加入我们的行列！他从来不落后，总是哼着佛律尼科斯的曲子在前面带路；他是个爱唱歌的人。朋友们，我们最好站在这里唱歌，唤他出来，他听见了歌曲，就会感到快乐，爬到门外来的。

歌队 （进场歌第一曲首节）这老年人为什么不出来，也不回答？难道是他把毡鞋丢了，或是在黑暗中绊坏了脚指头，年纪大了，肿到了脚跟？也许是他的腹股沟长了肿瘤。他是我们当中最严厉的人，什么话都打不动他的心；要是有人向他求情，他就会搭拉着头说："你这是煮石头。"[69]

（第一曲次节）昨天那个被告欺骗我们，说他热爱雅典，并且是第一个告发萨摩斯阴谋的人[70]，因此从我们手里滑过去了。我们的朋友也许是为这件事感到痛心，发高烧卧床不起。他就是这样的人。好朋友，快起来，别再烦恼了，别再生气了，因为今天要审判一个富翁，从色雷斯来的叛徒[71]；快把他装在骨灰坛子里扔掉！（本节完）

孩子，带路，带路！

童子 （第二曲首节）爸爸，要是我向你讨一点东西，你愿意给我吗？

歌队 小宝宝，我一定给你。告诉我，你要我为你买什么好东西？我猜想，孩子，你一定会说羊拐子[72]。

童子 爸爸，买干无花果；干无花果要甜蜜一些。

298 **歌队** 即使你上吊去，我也不买。

童子 那我就不再给你带路了。

歌队 我得用这么一点津贴[73]为一家三口买面包，买柴，

302 买肉；唉，唉，你却向我要无花果！

童子 （第二曲次节）爸爸，要是执政官今天不开庭[74]，我们到哪儿去买午饭吃？你能不能为我们找个美好的希望或赫勒的神圣之“道”[75]？

311 **歌队** 哎呀，哎呀，我不知道到哪儿去找饭吃！

童子 “不幸的母亲啊，你为什么生下我？”

歌队 “给了我养育的劬劳。”[76]

童子 “小口袋啊，我背着的是你这无用的装饰品。”[77]

歌队

315 **童子** 唉，唉，我们该痛哭流涕！（本节完）

菲罗克勒翁 （自内唱）朋友们，你们的歌声从缝隙里传来，我听了感到沮丧。我不能同你们一起唱歌。怎么办呀？

他们看守着我，因为我一直想同你们一起到投票箱前面去干一件有损于人的事情。宙斯呀宙斯，一声霹雳把我突然化作一缕青烟，化作普洛塞尼得斯或者塞罗斯的儿子[78]——那根杂种葡萄藤吧。主啊，请你怜悯我受苦遭难，赐给我这个恩惠；或者发出一道灼热的电光，把我立刻烤熟，然后捡起来把灰吹掉，再把我扔到滚烫的盐酸水里[79]；或者把我化作一块石板，让人们把贝壳[80]放在上面计数。

歌队 （抒情歌第一曲首节）是谁把你关在里面，把大门闭上的？告诉我们！你是在对朋友们说话。

菲罗克勒翁 是我的儿子关的。你们别嚷嚷，他正在屋前打
盹呢。你们把声音放低点。 337

歌队 蠢人啊，他为什么对你这样？他有什么借口？

菲罗克勒翁 朋友们啊，他不让我当陪审员，不让我去干有
损于人的事情。他愿意供我吃喝玩乐；可是我不愿意。 341

歌队 这可恨的德谟罗戈克勒翁[81]敢向你说这样的话，不过是因为你揭露了海军的真相[82]。这家伙若不是个谋反的，断不敢这样乱说。（本节完）

歌队长 你现在想个新鲜计策，瞒着那家伙爬下来。

菲罗克勒翁　什么计策？你们给我想一个吧；什么办法我都想试一试。我真想捏着贝壳，在公告牌[83]之间穿来
349 穿去。

歌队　有没有缝隙？你能不能从里面把它挖成洞，然后像足智多谋的俄底修斯那样穿着破烂衣衫[84]溜了出来？

菲罗克勒翁　每个缝隙都堵死了，连蚊子钻的小孔都没有。你们想个别的办法吧；不可能搞出乳冻（谐“窟洞”）来呀！

歌队　你记不记得我们出征攻下纳克索斯的时候[85]，你偷
355 过一些烤肉叉，利用它们从城墙上很快就爬下来了？

菲罗克勒翁　我记得，那又怎么样？那件事和这件事不一样。那时候我年轻，能偷能盗，筋强力壮，又没有人看守我；我高兴逃到哪里就逃到哪里。如今每一条通道都派有拿着家伙的重甲兵把守，大门外就站着两个，手里拿着烤肉叉，看守着我，就像看守着一只偷了肉的雪貂
364 一样。

歌队　（第一曲次节）现在赶快想办法；小蜜蜂啊，已经天亮了。

菲罗克勒翁　最好是把网咬破。但愿网之神[86]原谅我咬啊！

歌队 这才像个努力自救的好汉。用嘴咬吧!

菲罗克勒翁 已经咬破了。你们千万别嚷;我们要当心,免
得引起布得吕克勒翁的注意。 372

歌队 朋友,别害怕,别害怕;他嘟囔一声,我就叫他咬自
己的心,跑着逃命,叫他知道不可违背地母地女的法
令[87]。(本节完) 378

歌队长 把那根小绳子一头拴在窗上,一头拴在身上,然后借用狄俄珀忒斯的疯狂[88],从上面滑下来。

菲罗克勒翁 要是那两个家伙注意到这一着,要把我钓上
去,拖进屋,你们怎么办?告诉我! 382

歌队长 我们全都鼓起像橡树那样坚韧的勇气来支援你,使他们不能再把你关起来。我们要这样干。

菲罗克勒翁 我信赖你们,就这样办。万一我出了什么事,
请你们来收尸,为我哭丧,把我埋在栏杆[89]下面。你
们懂了么? 386

歌队长 你不会出事;不要怕。亲爱的朋友,向你祖先的神祷告,同时鼓起勇气滑下来。

菲罗克勒翁 我的主吕科斯,住在这旁边的英雄[90]啊!你和我一样,喜欢听被告叫苦。你有意来到那旁边居住,

好听见那种哭声。英雄中唯有你愿意和啼啼哭哭的人在
一起。请你怜悯你的邻居，救救我！我决不在你的芦苇
394 篱墙下撒尿放屁。

菲罗克勒翁自窗口往下滑。布得吕克勒翁苏醒。

布得吕克勒翁 喂，醒醒！

珊提阿斯 什么事？

布得吕克勒翁 好像有声音在我身边响。

珊提阿斯 是不是老头子又在钻洞想逃跑？

布得吕克勒翁 不是，他把绳子拴在身上往下滑。

珊提阿斯 最可恶的人啊，你在干什么？不许下来！

布得吕克勒翁 快爬到另一个窗口，拿树枝鞭打他；他屁股上挨了橄榄枝[91]，就会退回去的。

菲罗克勒翁 你们这些要在今年[92]打官司的人——斯弥库
提翁、忒西阿得斯、克瑞蒙和斐瑞得普诺斯[93]啊，怎
么不来援助我？在我被拖进去之前，你们不来支援，要
402 等到什么时候呢？

索西阿斯和珊提阿斯抓住菲罗克勒翁。

歌队长 （第二曲首节）有人捅了我们的蜂窝，我们的火气就发作；告诉我，这次为什么迟迟不发作呢？

歌队 现在，现在我们伸出这根用来惩罚人的发怒的尖锐的刺。孩子们，快抛掉你们的斗篷，一边跑，一边喊，告诉克勒翁出了什么事，请他来对付城邦的敌人。这家伙建议不开庭，真是该死！ 414

布得吕克勒翁 朋友们，请听事实，不要吵嚷。

歌队长 我们要吵嚷得声震云霄。

布得吕克勒翁 我决不放他走。

歌队 这是件可怕的事情，这是件明显的暴行。城邦啊，众神所憎恨的忒俄洛斯啊！其余的拍马屁的人[94]，我们的领袖啊！

珊提阿斯 赫剌克勒斯啊！他们有刺！主人，你看见没有？

布得吕克勒翁 他们曾经在审判的时候用这些刺把戈耳癸阿斯的儿子菲利波斯[95]刺死了。

歌队长 我们也要用这些刺把你刺死。（向队员们）朝这边转过来，伸出刺向他冲去！大家靠紧，整顿阵容，怒气冲冲，精神抖擞，叫他从此知道他所激怒的是什么样的马蜂。 425

珊提阿斯 我们这样同敌人作战，真是件可怕的事情！一见他们的屁锋（谐“笔[96]锋”），我就吓得发抖。

歌队 放了他；我告诉你，你要是不放，只好羡慕乌龟有福，
429 长了甲壳。[97]（本节完）

菲罗克勒翁 陪审伙伴们——发怒的马蜂啊，你们一些人怒气冲冲地飞到他们的屁股上去，一些人绕着圈儿刺他们的眼睛和手指头。

布得吕克勒翁正在把菲罗克勒翁推进大门。

布得吕克勒翁 弥达斯、佛律克斯、马辛提阿斯[98]，快
来！快抓住他，别把他交给任何人，否则你们将戴上结
实的脚镣，连早饭也吃不成。别害怕；我曾经听见过许
436 多无花果树叶在火里爆着响。[99]

歌队长 你不放了他，这东西就会给你刺进去。

布得吕克勒翁进屋。

菲罗克勒翁 刻克洛普斯——我们的人身龙尾的英雄和国
王[100]啊，我曾经叫这些蛮子流过十二合一升[101]的
440 眼泪，你却眼看我被他们抓住吗？

歌队长 老年人不是多灾多难吗？是的；这两个家伙硬抓住他们的老主人不放，一点不念及他从前给他们买过皮外套、无袖衬衫[102]和狗皮帽，也不念及他在冬天保护他们的脚，免得他们经常挨冻；他们简直不把老——毡

鞋[103]放在眼里。 447

菲罗克勒翁 （向一仆人）最可恶的畜生，还不快放了我！记不记得我曾经发现你偷葡萄，把你绑在橄榄树上，狠狠地用棒棒戳得你皮破血流，惹得别人羡慕？你真是忘恩负义！趁我的儿子还没有出来，快放了我，（向另一仆人）你也放了我。 454

歌队长 等不了多久，你们就要为这件事受到严厉的惩罚；那样一来，你们就摸透了我们这些急躁、正直而又辛辣的人的脾气了。

布得吕克勒翁自屋内拿着棍子和冒烟的火把上；他把棍子交给珊提阿斯

布得吕克勒翁 珊提阿斯，快把这些马蜂从门口轰走，轰走！

珊提阿斯 我轰。

布得吕克勒翁把火把交给索西阿斯。

布得吕克勒翁 用大股的烟子熏他们！ 457

珊提阿斯 还不快滚？还不快滚到乌鸦那里去？[104]

索西阿斯 还不快跑？

布得吕克勒翁 （向珊提阿斯）拿棍子轰他们！（向索西阿

斯）快用烟子把塞拉耳提俄斯的儿子埃斯客涅斯[105]熏走。

珊提阿斯 我们终于会把你们吓跑的。

布得吕克勒翁 （第二曲次节）要是他们吃过菲罗克勒斯的诗词（谐“四肢”），就不容易把他们撵走。[106]

歌队 在我们这些穷苦的人看来，事情很明显，暴行已经冷不防落到了我们身上！头发飘蓬的阿密尼阿斯，倒霉的坏蛋，你不让我们遵守城邦制定的法律，你既没有借口，又没有巧妙的理由；你这是专制独裁。

布得吕克勒翁 能不能不打架，不吵闹，双方讲和，言归于好？

歌队 你这个恨民主，爱独裁，里通布剌西达斯，披着镶边的斗篷，蓄着长胡子[107]的家伙，同你议和？

布得吕克勒翁 我宁可失去我的父亲，也不愿天天在海上同苦难搏斗。

歌队长 你还没有跨上种芹菜和芸香的土地的边缘[108]——我们也能塞进这些斗大的[109]字眼。现在还不是你苦恼的时候，要等到检察员把同样的罪名加在你头上，传你的共谋者的时候再说吧。

布得吕克勒翁　我以众神的名义问你们，你们离开不离开？你们决心在这里整天打人，整天挨打吗？

歌队　你对我们是这样凶暴，只要我还有一口气，我决不离开。（本节完） 487

布得吕克勒翁　只要有人告发，不管案情大小，你们就认为有共谋者，有独裁君主，这名称已经有五十年没有听说过了[110]，但如今它比咸鱼还不值钱，在市场里流通。如果有人想买大鲈鱼，不想买小鳀鱼，旁边的鳀鱼贩立刻就会嚷道："这家伙买鱼，像是个独裁君主！"如果有人要韭葱作为烧白杨鱼的佐料，那个卖菜的妇人就会用一只眼睛瞟他一眼，对他说，"告诉我，你要韭葱吗？你是不是想当独裁君主，叫雅典给你进贡佐料？" 499

珊提阿斯　昨天中午我去看一个妓女，我叫她采取骑马的姿势，她很生气，问我是不是想恢复希庇阿斯式的独裁制度。[111] 502

布得吕克勒翁　这句话他们[112]喜欢听。我只望我父亲放弃这种一清早就去诬告别人、给别人定罪的艰苦生活，而像摩律科斯[113]那样过着高尚的日子。就为了这个，有人告我谋反，想实行独裁制度。 507

菲罗克勒翁　告得有理。我不愿拿这种生活去换鸟奶，你却阻挡我过这样的日子；我不喜欢吃鳊鱼、鳝鱼，而爱吃
511 平锅焖的小——案件。

布得吕克勒翁　因为你已经养成了习惯，喜欢这种事情。只要你心平气和地听我说，我相信准能使你看出你所犯的
514 一切错误。

菲罗克勒翁　我当陪审员，是犯了错误吗？

布得吕克勒翁　你不知道你被你所钦佩的人拿来取笑。你始终不明白你是他们的奴隶。

菲罗克勒翁　别说我是奴隶；我乃是万人之主。

布得吕克勒翁　你不是万人之主，你侍候别人，却以为你是主子。父亲，请你告诉我，你刮剥希腊，自己得到多少
520 报酬？

菲罗克勒翁　得到很多；（指着歌队）我愿意请他们来评判。

布得吕克勒翁　我也愿意。（向仆人）放了他。

菲罗克勒翁　给我一把剑。

仆人递一把剑给菲罗克勒翁。

我若是辩不过你，就伏剑而死。

布得吕克勒翁　告诉我，——怎么说呢？我想起了，——如

果你不遵守他们的评判呢？

菲罗克勒翁 那我就喝不成奠给幸运之神的纯——津贴了。[114]

三　第一场（对驳）

歌队　（抒情歌第一曲首节）（向菲罗克勒翁）现在该我们的体育学校训练出来的人来一篇妙论。你要显一显——

布得吕克勒翁　（插嘴）快把我的文具盒拿出来。

仆人把文具盒从屋里拿出来，然后进屋。

（向歌队长）你要是这样劝告他，你会成为一个什
530 么样的评判员？

歌队　（向菲罗克勒翁）你的口才和这年轻人不同，你看，这场比赛是多么严重，关系到每一个人，要是他辩赢了
536 的话；但愿他赢不了。

布得吕克勒翁　（插嘴）我把他的话一句句记录下来，好好记住。

菲罗克勒翁 （插嘴）要是他辩赢了，你们有什么话说？

歌队 那样一来，老年人就一点不中用了；我们将在大街上受人讥笑，被称为捧橄榄枝的人，宣誓书的包皮。[115] 545

（本节完）

歌队长 你这位为我们的全部权力而辩护的人啊，快鼓起勇气，试试你的全部口才。 547

菲罗克勒翁 我一开始就能证明我们的权力不在任何王权之下。世上哪里有比陪审员——尽管他已经上了年纪——更幸运、更有福、更安乐、更使人畏惧的人？我刚刚起床，就有四肘尺[116]的大人物在栏杆外等候我；我一到那里，就有人把盗窃过公款的温柔的手递给我；他们向我鞠躬，怪可怜地恳求我说："老爹，怜悯我吧！我求求你，要是你也曾在担任官职的时候或者在行军中备办伙食的时候，偷偷摸摸。"那个说话的人若不是曾经从我手里无罪获释，就不会知道我还活在世上。

布得吕克勒翁 我把第一点——恳求者告饶——记录下来。

菲罗克勒翁 经他们这样一恳求，我的火气也就消了；我随即进入法庭。进去以后，我却不按照诺言行事。然而我还是倾听他们的每一句请求无罪释放的话。让我想一想，哪一种阿谀的话，我们陪审员没有听见过？有人悲叹他们很穷，在实际的苦难之上添枝加叶，把自己说成同我一样；有人给我们讲神话故事；有人讲伊索的滑稽寓言[117]；还有人讲笑话，使我们发笑，平息怒气。要是这些手法打不动我们的心，有人立即把他的小孩，男的女的，拖进来；我只好听啊！他们弯着腰，咩咩地叫；他们的父亲浑身发抖，像求神一样求我怜悯他们，对他的罪行免予审查。“你要是喜欢公羊咩咩叫，就应当怜悯我儿子的哭声”；我要是喜欢小猪婆，就应当被他女儿的啼声所感动。我们为了他的缘故，把怒气的弦
575 柱扭松一点。这难道不是大权在握，蔑视富豪么？

布得吕克勒翁　我把第二点——蔑视富豪——记录下来。你自夸统治着希腊，可是，请你告诉我，这对你有什么
577 好处。

菲罗克勒翁　孩子们在受检阅的时候[118]，我们有权利看看他们的那东西。如果俄阿格洛斯被传出庭，成了被告，要等他从《尼俄柏》剧中选一段最漂亮的戏词念给我们听了之后，他才能无罪获释。[119]如果有双管吹手打赢了官司，他必须向我们这些陪审员谢恩，戴着口套吹一

只曲子，送我们离庭。如果有父亲在临终时把他们的独生女儿——他的财产继承人许配给某人，我们就叫他的遗嘱和那只很庄严地罩着印记的罩子去撞头痛哭，而把他的女儿许配给一个能讨我们喜欢的人。[120]我们这样干，不至于受审查；别的官吏却没有这种权力。 587

布得吕克勒翁 在你提到的权力之中，只有这一种最庄严，值得祝贺；可是你把那女继承人的保存遗嘱的罩子弄破了，就是害了她。 589

菲罗克勒翁 议事会和公民大会对重大案件判决不了，就决定把罪犯交给陪审员；于是欧阿特罗斯和弃盾而逃的大马屁精科拉科倪摩斯[121]站起来说，他们要为人民的利益而战斗，决不背弃我们。谁也不能使他的提案在公民大会上通过，除非他建议法院判决了头一件案子就闭庭[122]。那大吼一声能压倒全场的克勒翁从来不挑我们的错儿，他保护我们，亲手把苍蝇轰走。你从来没有对自己的父亲尽过孝道，而忒俄洛斯——他的名望不在欧斐弥俄斯[123]之下——却从水壶里取出一块海绵来把我们的毡鞋染黑。你看，对这样一些好处你总是加以阻挠，把它们挡回去；你方才却说，你能证明我过的是奴

602 隶和仆人的生活。

布得吕克勒翁 你畅所欲言吧；可是一会儿你就会住嘴，显
604 露出你的无限庄严的权力不过是洗不干净的屁股。

菲罗克勒翁 那最使人开心的事，我几乎把它忘记了。当我含着钱回到家里的时候，一家人都看中这银币，欢迎我回来。我女儿给我洗脚擦油，弯着腰亲我的嘴，叫一声爸爸，用舌头钓走了我的三个俄玻罗斯。我的小女人也向我献殷勤，端出又松又软的大麦粑，坐在旁边劝我——“吃这块，吞那块。”这些事真叫我开心；我用不着看你和你的管家的脸色，那家伙每次开饭，总是咒骂不绝，唠叨不完。要是他不赶快给我捏一块饼的话——。[124]我现在有了保障，不至于挨饥受饿，这就是挡箭的护身衣。[125]你不给我斟酒喝，我只好随身带着这个驴头，里面装满了酒；（从衣服下面取出一只驴头形的酒瓶）我倒出来喝。它现在张着嘴对着你的酒杯
619 放屁，嗯啊嗯啊地叫，声音洪亮，气势汹汹。

（唱）难道我不是大权在握，同宙斯比起来也差不离儿吗？我不是听见人们拿称赞宙斯的话来称赞我吗？当我们鼓噪的时候，每个过客都说：“宙斯，我的主啊，法院

在大发雷霆！”当我打闪的时候，所有的富翁和贵人都咂咂嘴[126]，怕得要命。连你也是最怕我的；我以得墨忒耳的名义说，你的确是怕我；我要是怕你，我就该死。

歌队 （第一曲次节）我们从来没有听见过这样清楚、这样高明的议论。

菲罗克勒翁 当然没有；可是这家伙却以为轻易就可以把无人看守的葡萄摘走。其实他知道得很清楚，我在这方面是无敌的。

歌队 每一点他都提到了，没有遗漏；我听了以后，觉得我长高了；他的话使我开心，我就像是在常乐岛[127]上审案一样。

菲罗克勒翁 （插嘴）这家伙打哈欠，站立不稳。（向布得吕克勒翁）你得想办法找一条出路。一个年轻人要是同我作对，我的怒气是难以平息的。（本节完）

歌队长 如果你还要东拉西扯，就去弄一块刚凿成的好石磨来把我的火气压熄。

布得吕克勒翁 要医治城邦的天生的老毛病，真是困难，这件事需要坚强的意志，不是喜剧诗人所能胜任的。（向菲罗克勒翁）然而，克洛诺斯的儿子[128]，我的爸爸啊——

菲罗克勒翁　得了；别叫“爸爸”了！你要是不赶快证明我
是个奴隶，我就要把你弄死，尽管我从此再也吃不成下
654 水杂碎了[129]。

布得吕克勒翁　亲爱的爸爸，请你舒展眉头，听我说。你随
随便便计算一下——用指头，不用石子——盟邦缴纳的
贡款一共是多少[130]，此外还有税款、各种百一税、讼
费、矿税[131]、市场税、港口税、租金[132]、没收品变
卖金。总数将近两千塔兰同。从这里面提出陪审员的年
俸，人数是六千——我们的城邦从来没有多过此数的陪
663 审员了，——因此你们得到的是一百五十塔兰同[133]。

菲罗克勒翁　我们的津贴还不到岁入的十分之一！

布得吕克勒翁　真的不到。

665 **菲罗克勒翁**　其余的钱哪里去了？

布得吕克勒翁　到那些口口声声说“我决不背弃雅典的群众，我要为人民的利益而斗争”的人的腰包里去了。父亲，你是上了这些花言巧语的当，把他们捧出来统治你。这些家伙向盟友索取五十塔兰同的贿赂，他们威胁他们，恐吓他们说：“快交纳贡款，否则我就要大发雷霆，摧毁你们的城邦。”可是你啃到了一口你自己的权力的碎

屑，就已心满意足了。盟友看到雅典群众在投票箱前过着可怜的生活，没有吃的，他们就认为你不过是孔那斯的——判决票[134]罢了。他们把腌鱼、葡萄酒、毯子、干酪、蜂蜜、芝麻糖、枕头、酒钟、小外套、花冠、项圈、酒杯，以及一切足以健身致富的礼物都送给了那些家伙。至于你，尽管你统治着盟友，在陆上作战，在海上划船，劳苦功高，却没有人送一头大蒜给你作烹鱼的佐料。 679

菲罗克勒翁　没有人送给我；我只好派人向欧卡里得斯[135]买了三头。可是你烦死我了，你还没有证明我遭受奴役。 681

布得吕克勒翁　所有这些当权者和拍他们马屁的人都拿薪俸，而你呢，只要有人津贴你三个俄玻罗斯，你就心满意足了，这笔钱原是你在海上划船，在陆上攻城作战，辛辛苦苦挣来的，难道这不是最大的奴役吗？何况你还要奉命到法院去，这一点特别使我憋气。那时候有个淫荡的小伙子，开瑞阿斯[136]的儿子来到你家里，张开腿，屁股扭来扭去，娇气十足，他叫你前去，黎明时参加审判。他说：“你们当中任何人在悬旗[137]以后到庭，就拿不到三个俄玻罗斯。”而他本人尽管迟到，却仍然

照领检察员的薪俸——一个德拉克马。如果有被告送他
贿赂，他就和另一个官吏平分，他们两人商定这样办
理这件案子，就像锯木头一样，一个拉来一个推。你
却张着嘴望着发款员，他们搗的什么鬼，你一点也看不
695 出来。

菲罗克勒翁 他们是那样对付我的吗？啊，你说的是什么？
你把我的心都搅乱了；你更引起我的注意。我不知道你
697 在对我干什么。

布得吕克勒翁 你想想看，当你和你的全体伙伴本来可以发财致富的时候，我不知你们怎么会被那些自称为“人民之友”的人愚弄了。尽管你统治着黑海与萨耳多[138]之间的许多城市，你却没有得到什么好处，只是领取这点津贴，而这点钱还是他们一点一点给你的，像是从羊毛里滴出来的橄榄油[139]，只够活命。他们有意叫你一生穷苦；为什么，我这就告诉你。这样一来，你才会认识到谁是你的豢养者；当他嗾使你去追逐他的仇人的时候，你就会向那人猛扑过去。如果他们有意维持人民的幸福生活，没有比这再容易的事了。现在向我们缴纳贡款的盟邦有一千个；只要命令每个盟邦赡养二十个

雅典人，两万公民就可以专吃兔肉，戴各色花冠，喝初奶[140]，吃初奶点心，享受城邦的威名和马拉松的胜利所应得的果实。但如今，你们却像采橄榄的佣工那样跟着发放津贴的人走。 712

菲罗克勒翁 哎呀，我的手麻木了，再也拿不住剑了；（剑落地）我已经变得软绵绵的了。 714

布得吕克勒翁 当他们害怕的时候，他们答应把欧玻亚的土地分配给你们，答应给你们每人五担小麦，但是从来没有给过，直到最近才给了五斗，就是这点粮食也得来不易，因为你曾经被人控告是外邦人；而且你是一升升地领，领的还是大麦[141]。 718

（唱）所以我愿意奉养你，我一直把你关在家里，免得你被那些大言不惭的人耻笑。你想吃什么，我愿意给你什么，只是不让你再喝那发款员的奶了。

歌队 “在你还没有听取两造的讼词以前，别忙着下判决。”说这句话的人[142]真是聪明。（向布得吕克勒翁）我现在认为你打了个大胜仗；我的火气平息了，我的官棍扔掉了。（向菲罗克勒翁）可是，你，我们的同年的伙伴啊。

（第二曲首节）你听他的话，听他的话吧；不要太

愚蠢、太顽固、冷酷无情。但愿我有个亲戚或者同宗，
他能这样规劝我。现在显然是神在显灵，和你同在，行
736 好事，帮助你，你就当场接受这神恩吧。（本节完）

布得吕克勒翁 （唱）我一定奉养他，老年人需要什么，我
给他什么：一碗麦片粥，一件软斗篷，一件羊皮大氅，
一个妓女给他搓搓腰身；可是他沉默无言，一声不响，
742 这种态度我不喜欢。

歌队 （第二曲次节）他正在回想那曾经使他入迷的生活；
方才他已经明白了，没有听你的话是个错误。现在他清
醒了，也许会听你的话，从此改变他的生活，对你表示
749 信赖。

四　第二场

菲罗克勒翁　哎呀呀！

布得吕克勒翁　你为什么唉声叹气？

菲罗克勒翁　（唱）“这些你一件也不必答应我！”[143]“我想念那些东西，”[144]我要到那里去，那里有传令员宣告：“谁还没有投票？请他起立。”愿我能在判决的时候站在漏斗前面，做最后一个投票者。我的心啊，奋勇前进！我的心哪里去了？树荫啊，让我过去！[145]赫剌克勒斯啊，但愿我能坐在陪审员中间判定克勒翁有盗窃罪！ 759

布得吕克勒翁　父亲啊，看在众神分上，听我的话吧。

菲罗克勒翁　听你什么话？你想说什么快说呀，只是有一句话你不必说。

布得吕克勒翁　什么话？让我知道。

菲罗克勒翁　不要当陪审员。“在我听从之前，冥王会给我
763 下判词。”[146]

布得吕克勒翁　你喜欢当陪审员，也不必到那里去；就呆在家里审判你的仆人吧。

菲罗克勒翁　审判什么呢？你为什么这样胡说？

布得吕克勒翁　就按照那里的方式审判；如果有女仆偷偷地开大门，你就投票罚她一个德拉克马。你是经常在那里这样干的。这些案件审判起来非常便当：早上太阳出来，你可以在阳光下问案（谐“温暖”）；下雪天，你可以坐在炉火旁边审判；下雨天，你可以进房（谐“升堂”）；即使你睡到中午才醒来，也不会有忒斯摩忒忒斯[147]
775 把你关在栅栏门外。

菲罗克勒翁　这句话讨我喜欢。

布得吕克勒翁　此外，即使被告的答辩拖得很长，你也不至于
778 因为久等而挨饿，使你自己苦恼，也使答辩者苦恼[148]。

菲罗克勒翁　我嘴里嚼着东西，怎能像从前那样审好案子？

布得吕克勒翁　你能审得更好；俗话说，证人讲假话，陪审
783 员要细思细嚼，好容易才能把案情摸透。

菲罗克勒翁　你说服了我。可是你还没有告诉我，我的津贴在哪儿领。

布得吕克勒翁　在我这儿领。

菲罗克勒翁　好哇！向我自己领，不同别人合领。记得吕西斯特剌托斯[149]，那个爱开玩笑的人，曾经对我玩了个最卑鄙的把戏。前几天他和我合领一个德拉克马，他到鱼市上去换成小银币，然后给了我三片鲻鱼鳞，我以为我接受的是俄玻罗斯，便把它们含在嘴里；等我闻着了那腥臭味儿，我一恶心就把它们吐了出来；我随即拖他上法院。

布得吕克勒翁　他说什么？

菲罗克勒翁　他说什么吗？他说我有公鸡的肠胃。“这银币你很快就消化了，”他是这样说的。

布得吕克勒翁　你看，你会有这样大的便利。

菲罗克勒翁　不小的便利。你要做什么，赶快动手。

布得吕克勒翁　你在这里等一等，我去把那些东西拿来。

布得吕克勒翁进屋。

菲罗克勒翁　（向歌队长）你看这情形，神示终于应验了。我曾经听说，有一天雅典人会在家里审案，每个人都会

在他的廊子上修建一个小小的法庭，同赫卡忒[150]的
804 神龛一样，家家门口有一个。

布得吕克勒翁拿着许多东西自屋内上。

布得吕克勒翁 你看看；你还有什么话可说？我答应的那些东西统统带来了，还有更多的呢。你想撒尿，这里有便
808 壶，挂在旁边的钉子上。

菲罗克勒翁 好办法！亏你想得出这个医治尿淋沥症的方子，对我这年纪的人正有用。

布得吕克勒翁 这里有一盆火，旁边还摆着一钵扁豆羹供你喝，以应你的急需。

菲罗克勒翁 这个办法倒也妙。即使我发烧害病，也有津贴可领；我将呆在这里喝扁豆羹。可是你带给我这只公鸡
815 干什么？

布得吕克勒翁 要是你在被告答辩的时候睡着了，这公鸡会在那上面打鸣，把你叫醒。

菲罗克勒翁 我还想要一样东西；其他一切我都满意。

布得吕克勒翁 要什么？

菲罗克勒翁 请你把吕科斯的偶像取出来。

布得吕克勒翁给菲罗克勒翁一个偶像。

布得吕克勒翁　偶像在这里，这就是国王本人。

菲罗克勒翁　主啊，英雄啊，你看起来多么严厉啊！

布得吕克勒翁　很像我们的——克勒俄倪摩斯。

菲罗克勒翁　他身为英雄，却没有盾牌。[151]

布得吕克勒翁　你赶快坐好，我就赶快传案子。

菲罗克勒翁　我早就坐好了，你传吧。

布得吕克勒翁　（自语）让我想想看：先传哪一件案子？家里哪个奴隶干了坏事？那个色雷斯女人前两天烧坏了一口瓦锅——

菲罗克勒翁　等一等！你差点把我急死了！还没有安好栏杆你就传案子吗？那是我们的礼仪的首要之物。

布得吕克勒翁　的确没有安好。

菲罗克勒翁　我自己进去，把这件东西快快搬出来。

菲罗克勒翁进屋。

布得吕克勒翁　怎么回事？恋巢之情真是奇异啊！

索西阿斯自屋内上。

索西阿斯　真该死，养了这样一条狗！

布得吕克勒翁　怎么回事？

索西阿斯　还不是拉柏斯[152]那狗子方才溜进厨房偷吃了一

块新鲜的西西里干酪？

布得吕克勒翁　我要把这头一件罪行交给我父亲审判。你出来控告他。

索西阿斯　不用我控告他，另外一条狗[153]说，只要有人递上诉状，他就愿意控告他。

布得吕克勒翁　快去带他们出庭。

索西阿斯　一定照办。

索西阿斯进屋。菲罗克勒翁自屋内上。

布得吕克勒翁　这是什么？

菲罗克勒翁　是献给赫斯提亚[154]的猪栏。

布得吕克勒翁　是不是从神庙里偷来的？

菲罗克勒翁　不是，“从赫斯提亚开始”，我才好给人以致命的打击。[155]快传案子；我急着要判刑。

布得吕克勒翁　我去把公告牌和诉状[156]拿来。

布得吕克勒翁进屋。

菲罗克勒翁　哎呀，你真是拖沓，浪费时间，急死我了！我真想在我的小园地上划一道犁痕[157]。

布得吕克勒翁拿着公告牌和诉状自屋内上。

布得吕克勒翁　东西在这里。

菲罗克勒翁　传案子吧。

布得吕克勒翁　是，谁来打头一堂官司？

菲罗克勒翁　真该死，多么叫我烦心，我忘记了把投票箱搬出来。

菲罗克勒翁向大门跑去。

布得吕克勒翁　喂，往哪里跑？

菲罗克勒翁　去搬投票箱。

布得吕克勒翁　不必了；我这里有个舀罐[158]。 855

菲罗克勒翁　好极了；需要的东西都齐了，只还少个漏壶。

布得吕克勒翁　（指着便壶）这是什么？不就是漏壶？

菲罗克勒翁　你真会想办法，卖弄雅典人的聪明才智。

布得吕克勒翁　谁从屋里拿祭火来，拿桃金娘来，拿乳香来；[159]我们先向众神祈祷。 862

歌队　（唱）在你们向众神祭奠和祈祷的时候，我们为你们发出吉祥的声音，述说吵架斗嘴的事已经结束，你们已经达成了君子协定。 867

歌队长　（敬神歌首节）肃静，肃静！

歌队　福玻斯——皮托的阿波罗[160]啊，请把这年轻人在大门前创建的事业化为我们的福利，使我们不再受奔波之

苦。伊厄伊俄斯啊！拯救之神啊！[161]（本节完）

布得吕克勒翁　主啊，主啊，我的邻居阿癸伊欧斯啊，我门廊上的神啊，[162]请你接受这别开生面的仪式，主啊，这是我为我父亲的缘故而创立的。请你感化他那太严酷、太顽强的性情，滴一点蜂蜜到他的心里，不要滴酸酒。请你改变他的暴躁的脾气，掐掉他的发怒的毒刺，叫他和蔼待人，怜悯被告甚于怜悯起诉人，在他们求情的时候，为他们流泪。

歌队（次节）我们和你一同祈祷；听了你方才的话，我们恭贺你新任的官职[163]。自从我们看出了你比别的年轻人更爱人民，我们就对你怀有好意。伊厄伊俄斯啊，拯救之神啊！（本节完）

布得吕克勒翁　如果有陪审员呆在外面，请他进来；诉讼一开始，我们就不让人进来了。

菲罗克勒翁　那被告是一条什么狗？他会被宣判有罪的。

布得吕克勒翁　请听诉状。（念）“兹有籍属库达忒诺斯乡之狗控告籍属埃克索涅乡之拉柏斯有罪[164]，因其独吞西西里干酪一块。罚其戴无花果树木之颈枷。”

菲罗克勒翁　不如罚他像狗那样死去，如果他被宣判有罪

的话。 898

索西阿斯和珊提阿斯各牵着一条由人装扮的狗[165]自屋内上。

布得吕克勒翁 被告拉柏斯在这里。

菲罗克勒翁 那可恶的东西！活像个小偷！他露齿而笑，是想欺骗我。原告，籍属库达忒诺斯乡的狗，在哪里？ 902

狗甲 汪汪！

布得吕克勒翁 在这里。

菲罗克勒翁 又是一条拉柏斯，他善于吠叫，善于舔瓦钵。

布得吕克勒翁 别说了；请坐下。（向狗甲）你上来控告他。

菲罗克勒翁 你说吧；我趁此把扁豆羹舀来喝。 906

狗甲 诸位陪审员，你们已经听取了我写的诉状。他对我和我的餐友们犯下了骇人听闻的罪行：偷偷地跑到一个角落里，在黑暗中撕去一大块干酪，吃得饱饱的。

菲罗克勒翁 分明是有罪的；这可恶的东西方才冲着我打嗝，喷出一股干酪臭气。

狗甲 我向他要，他一点不给。这家伙既然不肯扔一点东西给我，给你们的狗，他怎能为你们谋福利。

菲罗克勒翁 他一点不给你吗？他对我，对他的伙伴也不给。他的疯病不亚于扁豆羹这样烫人。

布得吕克勒翁　父亲，看在众神分上，在你还没有听取两造的讼词之前，不要预先就定罪。

菲罗克勒翁　可是，我的好人，事情昭然若揭，是自己嚷出来的。

狗甲　不要释放他，因为他比别的狗更喜欢独吞独占，他绕着乳钵转，把各城邦的干酪壳[166]（谐“胶”）都吃光了。

菲罗克勒翁　弄得我连黏那破水壶的胶都没有了。

狗甲　快惩罚他；一个丛林不能养两个小偷。[167]别让我白白地汪汪叫；否则我从此不叫了。

菲罗克勒翁　啊，他告发的是一件多么大的罪行！那家伙是个盗窃犯！鸡公啊，你看是不是？他向我眨眼点头。忒斯摩忒忒斯！你在哪里？把便壶给我！

布得吕克勒翁　你自己去取下来；我要传见证。为拉柏斯案作证的乳钵、木槌、刮刀、火盆以及别的烧黑了的器皿，赶快出庭！

众仆人提着乳钵、木槌、刮刀、火盆、瓦锅等自屋内上。

（向菲罗克勒翁）你还在解溲，没有坐下吗？

菲罗克勒翁　我相信我今天会把这个撤了（谐“杀了”）。

布得吕克勒翁　你还没有改变你的残暴性情，对被告依然如故，非把他们咬死不可。（向拉柏斯）上来答辩。你为什么默不作声？快说呀！

菲罗克勒翁　这家伙好像无话可说。 945

布得吕克勒翁　在我看来，他不是无话可说，而是遭遇到修昔底德在被控告时所遭遇的命运，嘴巴突然麻木了[168]。（向拉柏斯）让开！我来替你答辩。诸位陪审员，为一条被诽谤的狗辩护，是一件难事，可是我还是要为他说话。他是一条好狗，能追逐豺狼。 952

菲罗克勒翁　他是个小偷，是个谋反的。

布得吕克勒翁　不，他是当今最好的狗，能保护一大群羊。

菲罗克勒翁　要是他偷吃了干酪，还谈得上什么用处？

布得吕克勒翁　什么用处吗？他能为你作战，看守门户，从各方面看来他都是最好的狗。即使他偷吃了东西，你也该赦免他，何况他又没有学过弹竖琴[169]。 959

菲罗克勒翁　但愿他没有学过写字，那样一来，他就不会干坏事，写一篇答辩词要我们听。

布得吕克勒翁　请听啊，见证，我的好人。刮刀，你上来大

声作证。当时你管伙食；明白回答我，你是否曾经把你所接受的东西刮来分配给兵士们？他说，他刮来分配给
965 他们了。

菲罗克勒翁 他撒谎。

布得吕克勒翁 我的好人，你怜悯受苦的人吧。这拉柏斯只是吃鱼头鱼骨，日夜效劳奔走，而另一条却只是看家狗，他呆在那里不动，别的狗叼了东西进来，他总是要求分一份；分不到，他就咬他。

菲罗克勒翁 哎呀，什么病使我的心肠变软了？病魔缠绕着我，使我让他一手。

布得吕克勒翁 我求你，父亲，怜悯他，不要宣判他死刑。他的小儿女在哪里？

一群由童子装扮的小狗自屋内上。

你们这些可怜虫，上来嗷嗷叫，哭哭啼啼地求情
978 告饶吧。

菲罗克勒翁 下去，下去，下去，下去！

布得吕克勒翁 我这就下去。尽管这一声“下去”欺骗过许多人[170]，我还是下去。

菲罗克勒翁 （扁豆羹烫了嘴）该死！大吃大喝多么不好！

我流泪了；我不会哭，要不是嘴里塞满了扁豆羹。

布得吕克勒翁 他是无罪获释了吗？

菲罗克勒翁 很难说。

布得吕克勒翁 亲爱的父亲，你发点善心吧，快拿着这张票，闭着眼睛冲向后面的票箱。父亲，赦免他吧！

菲罗克勒翁 我不赦免；“我没有学过弹竖琴。”

布得吕克勒翁 我带你走捷径。

布得吕克勒翁引导菲罗克勒翁到后面的票箱前面。

菲罗克勒翁 这是前面的票箱吗？

布得吕克勒翁 是的。

菲罗克勒翁 票投进去了。

布得吕克勒翁 （旁白）他受骗了，不知不觉就把他赦免了。（向菲罗克勒翁）让我把票倒出来。

菲罗克勒翁 胜负如何？

布得吕克勒翁 自见分晓。（数票）拉柏斯，你是无罪获释了。（菲罗克勒翁倒在地下）父亲，父亲，你怎么啦？哎呀！（向仆人）哪里有水？（向菲罗克勒翁）起来！

菲罗克勒翁 （醒来）告诉我，他真是无罪获释了吗？

布得吕克勒翁 是啊。

菲罗克勒翁　那我就完了。

菲罗克勒翁倒在地下。

布得吕克勒翁　好父亲，别着急！站起来！

菲罗克勒翁　我赦免了一个被告，良心上怎么过得去？我怎么得了？最可敬的神啊，请你们原谅我；这件事是我违反我的本性，不知不觉做出来的。

布得吕克勒翁　不要烦恼。父亲，我会好生奉养你，带你到各处赴午宴，开酒会，看竞技，使你欢度晚年；许珀玻罗斯[171]再也不能欺骗你、讥笑你了。我们进屋吧。

1008 **菲罗克勒翁**　你想进去，我们就进去。

菲罗克勒翁和布得吕克勒翁进屋。众仆人和群狗随入。

五 第一插曲

歌队长 （序曲）（向正在进屋的菲罗克勒翁和布得吕克勒翁）你们想到哪里去，就高高兴兴地去吧。（向观众）千千万万数不清的观众啊，请你们仔细听我好心好意规劝你们的话，别让它落空。只有愚蠢的观众才不仔细听，你们是不会那样的。

歌队长 （插曲正文）同胞们，你们如果喜欢听肺腑之言，就请用心听。我们的诗人现在要向观众作不平鸣。他说，他受了不公平的待遇，尽管他曾经为你们效过多少劳：起初，他暗中，不是公开地，帮助别的诗人们，仿效欧律克勒斯的预言术和思考力，钻到别人肚子里吐出许多滑稽的言词；[172] 后来，他公开地亲自冒演出的危险[173]，他所带领的是他自己的文艺女神，不是别人的。尽管他已经获得很大的成就[174]，享受到前人没有享受的荣誉，他还是说他成功不骄，不自鸣得意，也不到角力场上去找年轻人寻欢作乐；如果有情人由于妒火中烧，恳求他讽刺自己所爱的人，他就回答说，他从来没有答应过任何人的请求；因为他心术端正，不愿意使那些对他有益的文艺女神成为拉皮条的妇人。自从他第一次训练歌队的时候[175]起，他从来没有攻击过人类，而是以赫剌克勒斯的火气向着最凶猛的野兽进攻[176]，他一开始就勇敢地同那个长着锯齿的怪物[177]格斗，那家伙眼里射出最可怕的光芒，很像铿娜[178]的目光；他头上有一百个该死的马屁精[179]像蛇那样用舌头舔他；他的声音像冲毁一切的山洪那样大，气味像海豹那样臭，圆球像拉弥亚那样臊[180]，屁股像骆驼那样脏。我们的诗人看见这样的怪物，他并不害怕，也不肯接受他的贿赂；直到如今，他都是为你们的利益而战斗；此外，他还在去年祛除了那使人发抖的寒热病[181]，那些病魔曾经在夜里掐住你们父亲的脖子，扼住你们祖父的喉咙，它们躺在你们的安分守己的亲人们的卧榻上，把誓言、传票和证据粘在一起，使许多人怕得要命，跳起来跑到司令执政官[182]那里去求救。你们发现了这样一个除害的英雄、城邦的祛邪术士，却在去年辜负了他[183]，他那次播下了最新鲜的观念，你们却不能透彻理解，害得它没有发芽生长。可是他还是向狄俄倪索斯[184]奠酒，发誓说，从来没有人听见过比他的喜剧更美妙的诗词。你们没有当场看懂，真是丢脸。我们的诗人，在聪明人看来并不比别人差，尽管他在追过对手的时候，打破了自己的计划。

歌队长 （快调）从今后，好朋友，你们要更珍惜、更尊重那些努力发现和吐露新思想的诗人，你们要把他们的观念保存起来，连同香橼一起放在衣箱里；这样一来，你们的袍子一年到头都会放出智慧的芳香。

甲半队 （短歌首节）想当年我们勇于跳舞，勇于战斗，[185]在这方面我们是凶猛无比的；但都成往事，都成往事，如今年老体衰，我们的头发已经白了，赛过天鹅的羽毛。尽管只存余烬，还须煽起青春之火焰；我认为这个老头颅，比许多小伙子的卷发、纨绔和大屁股高贵得多。

歌队长 （后言首段）诸位观众，要是你们当中有人看见我的模样，看见我的腰身很细，就大吃一惊，不懂得这刺的意义，我愿意给他讲解，尽管他是个缺少艺术修养的人。我们这些带尾巴的人，是唯一有权利被称为土生土长的阿提刻人[186]；我们是英勇的民族，在蛮夷入侵、放烟火熏城[187]、凭暴力夺取我们的蜡房的时候，我们曾经在战斗中为城邦效过大劳。我们立即拿起长枪，提起盾牌，喝一口忿怒的酸酒，冲出去作战，一个个同敌人对峙，气得咬牙切齿；那时候，飞矢弥漫，不见天日。[188]开战之前，有一只猫头鹰在我们队伍上空飞过；[189]因此上，我们在众神帮助之下，在夕阳西下的时候，把敌人击退了。我们追上去，像刺金枪鱼那样刺他们的大裤裆；他们的嘴唇和眉毛被蜇了，他们逃跑了。直到如今，在蛮夷之邦还是到处传说，再没有什么东西比阿提刻马蜂更勇敢的了。

乙半队 （短歌次节）想当年我曾经使敌人丧胆，自己却毫无畏惧；我乘三层桨的战船直达彼岸，征服了敌人。[190]那时候我们无心发表美妙的演说，也无心诬告别人，只想看谁是最好的桨手。我们占领了许多波斯城市；所有的贡款都是我们弄来的，如今却被那些小伙子盗窃了。

歌队长 （后言次段）你们从各方面观察，就会发现我们的性情和习惯同马蜂非常相似。第一，没有一种动物在被招惹的时候比我们更暴躁，更怒恼。其次，一切事情我们都效法马蜂。我们成群结队，很像一窝马蜂。我们当中有一些在执政官主审的法庭上当陪审员，有一些在十一位刑事官主审的法庭上当陪审员，有一些在俄得翁当陪审员，[191]还有一些靠城根挤在一起，弯着腰，头垂到地，像蜂房里的幼虫那样不怎么动。我们自有别的谋生之道，每个人我们都刺他一下，靠这个办法生活。可是我们当中也有懒蜂，他们没有刺，坐着不动，专等吃我们弄来的贡款，自己一点不劳动。看见别人不服兵役，不为国家扳桨，拿枪，长水疱，反而侵吞了我们的津贴，叫我们好不痛心。我建议，从今以后不论哪一个
公民，没有刺就不得领取三个俄玻罗斯。 1121

六　第三场

菲罗克勒翁自屋内上，布得吕克勒翁偕一仆人随上。

菲罗克勒翁　我活一天，这件衣服就一天不脱；因为在大北风侵袭的时候，它曾经保护我上阵。

布得吕克勒翁　看来你是不想穿好的。

菲罗克勒翁　这不划算。前几天因为吃了炸鱼，我不得不付三个俄玻罗斯给漂洗衣服的人。

布得吕克勒翁　你试试看，既然你已经把自己交给我好生奉养。

菲罗克勒翁　这家伙要把我勒死，我们还应当生儿育女吗？

布得吕克勒翁　接住这件衣服，把它披在身上；别再噜苏了。

菲罗克勒翁　看在众神分上，告诉我，这是什么坏东西？

布得吕克勒翁　有人管它叫波斯衣服，有人管它叫考那刻斯[192]。

菲罗克勒翁　我还以为是梯迈提斯[193]出产的毛大衣呢。 1138

布得吕克勒翁　这也难怪；只因为你没有到过萨耳得斯[194]，否则你就会认识；可是你现在不认识。

菲罗克勒翁　我么？当然不认识；在我看来，它特别像摩律
科斯的大氅。 1142

布得吕克勒翁　不像，这料子是在厄克巴塔那[195]织成的。

菲罗克勒翁　牛肠绒[196]出在厄克巴塔那吗？

布得吕克勒翁　好父亲，你扯到哪里去了？这料子是不惜工
本为蛮夷编织的，它随随便便就吞掉了值一个塔兰同的
羊毛。 1147

菲罗克勒翁　那么管它叫干暴风（谐“啖毛虫”），不是比叫考那刻斯正确一些吗？

布得吕克勒翁　接住吧，好父亲；你披的时候，站住不要动。

菲罗克勒翁　哎呀，真可怕！这脏衣服向我喷出了一股热气！ 1151

布得吕克勒翁　你不披吗？

菲罗克勒翁　我不披。好朋友，要是非披不可，你就给我披一身灶火。

布得吕克勒翁　来，我给你披上。（向旧斗篷）去你的！

菲罗克勒翁　拿一根肉钩来。

布得吕克勒翁　拿来干什么？

菲罗克勒翁　在我被烤化之前，把我钩出来。

布得吕克勒翁　喂，把这双讨厌的毡鞋脱了，穿上这双拉孔

1158 尼刻鞋[197]。

菲罗克勒翁　我能穿敌人制造的、心怀恶意的鞋子吗？

布得吕克勒翁　好父亲，穿上吧，使劲踏上斯巴达鞋底（谐“界地”）！

菲罗克勒翁　你叫我踏上敌人的界地，是存心害我。

布得吕克勒翁　那只脚也穿上。

菲罗克勒翁　这只脚不穿了，因为有一个脚指头非常恨斯巴达。

布得吕克勒翁　没有别的办法。

1167 **菲罗克勒翁**　哎呀，我老来时长不了——冻疮了！

布得吕克勒翁　快穿好；像一个富翁那样行走，神气十足地摆一摆自家大（谐“斯巴达”）架子。

菲罗克勒翁　好好观察我的姿态，看我走路的样子最像哪一个富翁。

布得吕克勒翁　像什么东西吗？像敷满了蒜泥的脓疮。

菲罗克勒翁　我很想扭扭屁股。 1173

布得吕克勒翁　喂，要是有博学之士在座，你会讲庄严的故事吗？

菲罗克勒翁　当然会讲。

布得吕克勒翁　你会讲什么故事？

菲罗克勒翁　我会讲许多故事。先讲拉弥亚在被抓住的时候怎样放屁，再讲卡耳多庇翁怎样把他母亲[198]——

布得吕克勒翁　别讲神话；讲一些人间故事，特别是我们常讲的家常故事。

菲罗克勒翁　我知道一个家常故事，“有一次一只老鼠和一只雪貂——”

布得吕克勒翁　“没教养的蠢人啊，”这是忒俄革涅斯[199]骂掏粪人的话。你能当着高人雅士讲老鼠和雪貂的故事吗？

菲罗克勒翁　那又该讲什么呢？

布得吕克勒翁　讲冠冕堂皇的话，讲你跟安德洛克勒斯和克勒斯忒涅斯一块儿去观礼。[200] 1187

菲罗克勒翁　我从来没有去观过礼，只是到过帕洛斯，每天领两个俄玻罗斯。[201]

布得吕克勒翁　你可以讲这类的话，比如讲厄乎狄翁怎样连摔带打，同阿斯孔达斯进行了一场漂亮的竞赛，[202]他已是白发高龄，却还有强健的肋骨、手臂、胁腹和最结实的胸胛（谐“胸甲”）。

菲罗克勒翁　得啦，得啦！你胡说！一个运动员怎能穿着胸
1195 甲参加摔打竞赛？

布得吕克勒翁　有智之士谈吐如此。你再告诉我，同客人喝酒的时候，你认为你能讲哪一件你少年时候最英勇的行为？

菲罗克勒翁　这一件，这一件是我最英勇的行为：我偷过厄耳伽西翁[203]的葡萄桩。

布得吕克勒翁　你烦死我了！什么桩桩？还是讲你追赶过野
猪或兔子，或者讲你参加过火炬竞赛；快找出一件你年
1204 轻时候最勇敢的行为。

菲罗克勒翁　我想起了一件最勇敢的行为：当我还是个大孩子
的时候，我轰过（谐“控过”）赛跑健将法宇罗斯[204]，
因为他骂过我；我以两——票的多数把他逮住了（谐
1207 “逮捕了”）。

布得吕克勒翁　别说了；躺在这里，练习会饮礼节和社交

仪式。

菲罗克勒翁　怎样躺？告诉我。

布得吕克勒翁　很优雅地躺下。

菲罗克勒翁　是不是叫我这样躺？

布得吕克勒翁　不是这样。

菲罗克勒翁　那又怎样躺呢？

布得吕克勒翁　把膝头伸直，像一个受过体育锻炼的人那样软软绵绵、随随便便地倒在床单上。然后赞美一只铜盘，观看天花板，赏识大厅里的挂毯。打水来洗手！把桌子搬进来！[205]我们进餐，餐后洗手，我们奠酒。

菲罗克勒翁　看在众神分上，告诉我，我们是不是在梦里吃酒席？

布得吕克勒翁　双管吹手奏乐完毕。酒友是忒俄洛斯、埃斯客涅斯、法诺斯、克勒翁，躺在阿刻斯托耳[206]身边的是另一位客人。同这些客人在一起，你会接酒令[207]吗？

菲罗克勒翁　我善于接酒令。

布得吕克勒翁　真的吗？

菲罗克勒翁　没有一个山地人[208]能像我这样接酒令。

布得吕克勒翁　一会儿我就会知道的。我来充当克勒翁，带头唱哈摩狄俄斯颂歌[209]；你来接令。（唱）“雅典人从来没有一个人——”

1227 **菲罗克勒翁** （唱）“像你这样的坏蛋和小偷”。

布得吕克勒翁 你要这样唱吗？人家一吼压倒你，你就完了；他会发誓要毁灭你，杀害你，把你驱逐出境。

菲罗克勒翁 我凭宙斯起誓，他若是威胁我，我就唱另一只歌：（唱）“你这家伙，你想掌握大权，就会使城邦覆

1235 灭，它已经是摇摇欲坠了。”[210]

布得吕克勒翁 如果躺在克勒翁脚下的忒俄洛斯拉着那人的右手唱道：“朋友，你听了阿德墨托斯的故事，要爱慕勇士。”[211]你唱什么歌来接这酒令？

菲罗克勒翁 我用音乐的调子来接令：（唱）“既不能当狐狸，

1241 又不能两边讨好。”

布得吕克勒翁 此后该塞罗斯的儿子埃斯客涅斯接酒令了，他是个又聪明又有音乐修养的人，他会这样唱：“金钱和衣食归克勒塔戈拉和我享受，帖萨利亚人也有份——”[212]

1248 **菲罗克勒翁** （唱）“你[213]和我曾经大口大口地对吹牛皮。”

布得吕克勒翁 这件事你已经学得相当到家了。我们到菲罗克忒蒙家里聚餐去。[214]小厮，小厮，克律索斯，把我

们的酒食装好；隔了这么久，我们今天要大醉一场。

菲罗克勒翁　不要大醉。喝酒是坏事；一个人喝醉了，就会破门，打架，扔石头；酒醒之后，还要缴纳罚金。

布得吕克勒翁　你同高贵的人一块儿喝酒，就不至于如此。他们会替你向受害者说情；或者由你讲一个漂亮的故事——伊索或绪巴里斯的滑稽寓言[215]，你从酒会上听来的。这样一来，事情就会成为笑谈，他就会饶了你，离席而去。

菲罗克勒翁　这种故事要多听一些，干了坏事可以不缴纳罚金。

布得吕克勒翁　我们走吧；免得有事耽搁。 1264

菲罗克勒翁和布得吕克勒翁自观众右方下，仆人随下。

七　第二插曲

甲半队　（短歌首节）我时常自命聪明，一点也不蠢笨；但是塞罗斯的儿子阿密尼阿斯，高髻族出身[216]，却比我更聪明。他拿苹果和石榴充饥，我曾经看见他在勒俄戈刺斯家里吃酒席；他像安提丰那样饥肠辘辘。[217]他曾经出使法耳萨罗斯[218]，在那里形单影只，同帖萨利亚
1274 的穷人来往，他自己家道清贫，不亚于任何人。

歌队长　（后言首节）幸运的奥托墨涅斯啊，我们羡慕你有福，你生育了三个多才多艺的儿子，长子是个竖琴圣手，人人喜爱，绝顶聪明，有美乐女神和他做伴；次子是个演员，说不出的机灵；三子阿里佛剌得斯是个大才子，他父亲发誓说，这孩子无师自通，天天逛窑子，凭自己天

资聪明，自然而然地练出了“舌头上的功夫”。[219] 1283

乙半队 （短歌次节）[……][220]

歌队长 （后言次段）[……][221]有人说，在克勒翁折磨我、迫害我、用恶毒的话刺激我的时候，我同他和解了。后来他又剥我的皮，[222]那时候局外人看见我叫苦连天，他们大笑；他们对我不但不关心，反而想看我在受压迫的时候讲一句笑话。我注意到这情形，顺便玩了一点猴子把戏；你们现在看，木桩欺骗了葡萄藤。[223] 1291

八　第四场

珊提阿斯自观众右方上。

珊提阿斯　乌龟啊，你们有福，长了甲壳；你们三重有福，身上盖了屋顶。你们是多么聪明，在背上铺一层瓦，保护你们不挨打。我却被棍子打得一身青紫，快要死了。

歌队长　孩子，怎么回事？一个人虽然上了年纪，可是挨了
1298 打，还是可以管他叫孩子。

珊提阿斯　难道那老头子不是最恶毒的害人虫，宾客中的大醉鬼吗？在座的还有希皮罗斯、安提丰、吕孔、吕西斯特剌托斯、忒俄佛剌托斯、[224]佛律尼科斯和他的朋友们；在所有的宾客中，要数这老头子最傲慢了。他吃饱了美味佳肴，就蹦蹦跳跳，一边放屁一边笑，活像一

头吃饱了大麦的毛驴。他使劲打我，叫我“小厮，小厮！”吕西斯特剌托斯见了，就把他这样一比：“老头儿，你像刚发酵的葡萄汁的浮渣，又像跑去吃糠的——传票证人。”[225]老头子听了，反过来把那人这样一比，他大声说：“你像一只把衣服上的毛磨光了的蝗虫，又像那个把破衣服卖光了的斯忒涅罗斯。”[226]大家听了热烈鼓掌，唯独忒俄佛剌托斯不拍手，他做个怪脸，不愧是个高人雅士。老头子质问他：“告诉我，你曾经在富翁家里做食客，凭什么这样高傲，这样神气？”他这样挨个侮辱客人，开的是庸俗的玩笑，讲的是粗鄙的故事，一点也不合时宜。后来，他喝得酩酊大醉，回家来，沿途逢人便打。啊，他摇摇晃晃地回来了！我得趁早溜走，免得挨打。

珊提阿斯逃进屋。菲罗克勒翁一手打着火把，一手牵着一个双管吹手自观众右方上，一群客人跟踪而来。

菲罗克勒翁 （唱）举起来！前进！[227]你们这些跟踪的人，总有一些要痛哭流涕的！你们这些坏蛋，再不滚，我就拿火把烤你们的肉！

客人甲 你明天得向我们每个人赔罪，尽管你现在精力十分

1334 旺盛。我们要一起来传你到庭。

菲罗克勒翁 （唱）嘿嘿！你们要传我到庭！陈词滥调！难道你们不知道我再也没有耐心听“案件”这个词儿？呸！呸！（抚弄双管吹手）我喜欢这个。把漏斗[228]扔掉！你还不滚吗？

众客人自观众右方下。

1341 那个陪审员哪里去了？他滚蛋了。（抒情曲完）

（向双管吹手）上这里来，我的小金龟子！拿住这根索子。拿住！要当心；这索子有些腐朽，却还经得起摩擦。你看，正当酒友们要玩弄你的时候，我多么巧妙地把你偷了出来。因此你应当向我报恩。可是，我知道，你不但不报答，不接手，反而想欺骗我，讥笑我，你曾经对许多别的老头子这样干过。小猪婆，只要你不变成一个坏女人，等我的儿子一死，我就替你赎身，娶你做小老婆。我现在还不能掌握自己的财产，因为我还年轻，而且被看管得很紧。我的儿子监视着我，他性情毛焦火辣，却又能劈茴香子，剥水芹菜的皮。他害怕我堕落，因为我是他唯一的父亲。他来了，好像是在跟踪咱们俩。站住，快拿住这火把，我要狠狠地挖苦他一

顿，正像他在我还没有参加秘礼[229]以前那样挖苦我。 1363

双管吹手拿着火把，站着不动。布得吕克勒翁自观众右方上。

布得吕克勒翁 你，你这蠢人、淫荡的老头儿，竟想同一个妙龄的——老婆子搞恋爱！我以阿波罗的名义说，你这样干，不能不受惩罚！

菲罗克勒翁 你多么爱吃酸菜水泡的——案件！ 1367

布得吕克勒翁 你从酒友们那里把双管吹手偷走了，反而这样挖苦我，岂不是怪事？

菲罗克勒翁 什么双管吹手？你为什么像一个从坟墓里爬出来的人那样胡说？

布得吕克勒翁 真的，这个达耳达尼斯[230]是同你在一起。 1371

菲罗克勒翁 这不是达耳达尼斯，而是市场里点起来祭神的火把。

布得吕克勒翁 是火把吗？

菲罗克勒翁 是火把。你没有看见它有斑纹吗？

布得吕克勒翁 那中间部分黑茸茸的是什么？

菲罗克勒翁 是沥青，燃烧时流出来的。

布得吕克勒翁 那后面不是屁股吗？

菲罗克勒翁　那是松树上长出来的节疤。

布得吕克勒翁　你说什么？什么节疤？（向双管吹手）还不快到这里来！

1378 **菲罗克勒翁**　啊，你要干什么？

布得吕克勒翁　把她带走。我把你抢了；我认为你已经腐朽了，不中用了。

菲罗克勒翁　且听我说。有一次我到奥林匹亚[231]观礼，看见欧孚狄翁，他虽然上了年纪，还能巧胜阿斯孔达斯，但见老年人拳头一挥，就把那年轻人击倒在地。（把布得吕克勒翁击倒在地）所以你要当心，免得把眼睛打青了。

1387 **布得吕克勒翁**　真的，你学会了奥林匹亚那一套。

布得吕克勒翁把双管吹手带进屋，然后重上。一个卖面包的妇人提着一只空篮子，带着证人开瑞丰自观众右方上。

妇人　（向开瑞丰）我以众神的名义请你来帮助我。那家伙就在那里，是他用火把打我，害死了我，从这里面打掉
1391 了值十个俄玻罗斯的面包；此外还糟蹋了四坨。

布得吕克勒翁　（向菲罗克勒翁）你看出了你干的是什么事

吗？你喝酒会惹祸事，吃官司的。

菲罗克勒翁　绝对不会；讲几个美妙的故事就可以解决问题；我会同她和解的。

妇人　我凭地母地女起誓，你这样糟蹋了安库利翁和索斯特剌忒[232]的女儿密耳提亚的货物，不能不受惩罚。 1398

菲罗克勒翁　大娘，请听我说；我想给你讲个好听的故事。

妇人　不必给我讲，先生。

菲罗克勒翁　有天晚上，伊索赴宴回来，一条喝醉了的厚脸皮狗冲着他汪汪叫。伊索对它说："母狗，母狗，你若是拿恶毒的舌头去换麦子，我认为你倒也聪明。" 1405

妇人　你还要挖苦我？我传你——不管你是谁——到市场管理处，叫你赔偿货物损失；这个开瑞丰是传票证人。

菲罗克勒翁　请听我说，看说得对不对。有一次拉索斯同西摩尼得斯[233]竞赛，拉索斯说："我一点也不把这件事放在心上。" 1411

妇人　你这家伙，你真的不把这件事放在心上吗？

菲罗克勒翁　开瑞丰，你像是跪在欧里庇得斯脚下面色灰黄的伊诺[234]，你是这妇人的传票证人吗？ 1414

妇人和开瑞丰自观众右方下。

布得吕克勒翁　好像又有人来传你了；他也带着一个传票证人。

一个控诉人带着一个证人自观众右方上。

控诉人　哎呀，我多么不幸啊！（向菲罗克勒翁）老头儿，我来传你，叫你赔偿伤害人身的损失。

布得吕克勒翁　赔偿伤害人身的损失吗？看在众神分上，请你不要，不要传他。我替他赔偿你指定的损失，并且感激你。

菲罗克勒翁　（向布得吕克勒翁）我愿意同他和解；我承认打过他，向他扔过石头。（向控诉人）到这里来。是你让我提出我应赔偿的钱，从此和你言归于好呢，还是由你告诉我一个数字？

控诉人　你提出来吧；我不想打官司，也不想找麻烦。

菲罗克勒翁　有一个绪巴里斯人从车上滚下来，碰破了头，伤势严重；他不善于驾车。他的朋友站在旁边对他说："每个人应当搞自己精通的行业。"[235]你还是到庇塔罗斯[236]的手术室去吧。

布得吕克勒翁　（向菲罗克勒翁）这一行为和你的别的行为一模一样。

控诉人　（向证人）记住他回答的话。

控诉人和证人动身退场。

菲罗克勒翁 你听听，不要跑。在绪巴里斯，有一个妇人打破了一只瓶子。 1436

控诉人 （向证人）请你作证。

菲罗克勒翁 那瓶子有一个朋友，它请它作证。于是那绪巴里斯妇人说道："我以地女的名义告诉你，你若是丢下证据，赶快去买一根带子[237]，我认为你倒也聪明得多。" 1440

控诉人 你尽管侮辱，直到执政官传案的时候。

控诉人和证人自观众右方下。

布得吕克勒翁 我以得墨忒耳的名义告诉你，你不能再呆在这里了；我要把你带走，带到——

菲罗克勒翁 你要干什么？

布得吕克勒翁 干什么吗？把你带到里面去；否则传案的控诉人很快就会找不到证人了。[238] 1445

菲罗克勒翁 有一次德尔斐人控告伊索——

布得吕克勒翁 "我一点也不把这件事放在心上。"

菲罗克勒翁 偷了神的酒杯；[239]伊索对他们说："有一次一只屎壳郎——"[240]

布得吕克勒翁 啊，我要把你连同这些屎壳郎一起干掉。 1449

布得吕克勒翁把菲罗克勒翁拖进屋。

歌队 （抒情歌首节）我羡慕这老年人的好运，他放弃了枯燥的习惯和生活，养成了另一种作风，追求安乐的日子。也许他还不大情愿，因为一个人一生形成的性格是难以改变的。可是也有许多人有了转变，他们采纳别人的意
1461 见，改变了自己的习惯。

（次节）菲罗克勒翁的儿子热爱父亲，聪明伶俐，他赢得了我和明智的人的无限称赞。这样和蔼的性情，我从来没有见过；这样温顺的态度，我从来没有喜爱过，从来没有欣赏过。在他想为他父亲安排更高尚的生活的
1473 时候，他的辩驳不是无往而不胜吗？

九　退场

　　珊提阿斯自屋内上。

珊提阿斯　狄俄倪索斯啊！有一位神把麻烦事儿推到我们家里来了。老头儿隔了许久才喝到葡萄酒，他一听见双管乐就乐不可支，通宵跳舞不停，跳的是忒斯庇斯[241]用来夺奖的旧舞曲。他说，他要立即同当今的悲剧诗人比赛跳舞，证明他们都是些腐朽的笨蛋。

菲罗克勒翁　（自内）谁坐在院门内？

珊提阿斯　这个祸害出现了。

菲罗克勒翁　（自内）把门杠拉开。

　　菲罗克勒翁自屋内上。跳舞开始了——

珊提阿斯　不如说疯病开始了。

菲罗克勒翁　我使劲扭，把肋骨都扭弯了。我的鼻孔在吼叫，脊椎骨咕隆咕隆地响。

珊提阿斯　喝点黑藜芦药水[242]吧。

菲罗克勒翁　佛律尼科斯像公鸡那样蹲下来[243]——

珊提阿斯　你会踢着人。

菲罗克勒翁　他的腿跃到天那样高。

珊提阿斯　他的屁眼开口了。

菲罗克勒翁　当心你自己的事！我们的柔软的胯骨在承窝里旋转自如。跳得不好吗？

布得吕克勒翁自屋内上。

布得吕克勒翁　跳得不好；这是疯人舞。

菲罗克勒翁　我现在宣告，请对手出场。如果有悲剧诗人自夸他跳得好看，让他前来同我比赛。有没有人这样自夸？

由童子装扮的螃蟹甲自观众右方上。

珊提阿斯　只有一个人。

菲罗克勒翁　那个倒霉鬼是谁？

珊提阿斯　卡耳客诺斯的二儿子。

菲罗克勒翁　我要吞了他，用拳头舞结果了他。说起节奏，他一窍不通。

由童子装扮的螃蟹乙自观众右方上。

珊提阿斯 啊，另一个悲剧诗人——卡耳客诺斯的大儿子[244]，那家伙的哥哥，也来了。

菲罗克勒翁 我买够了螃蟹。 1506

由童子装扮的螃蟹丙自观众右方上。

珊提阿斯 宙斯啊，尽是螃蟹，没有别的；卡耳客诺斯的另一个儿子也爬出来了。

菲罗克勒翁 这个爬出来的是什么东西？是虾子还是蜘蛛？

珊提阿斯 是寄生蟹，蟹族中最小的，他会写悲剧。 1511

菲罗克勒翁 卡耳客诺斯啊，你多子多福！一群鹪鹩飞下来了。我要下去同他们比赛。

（向布得吕克勒翁）我若是比赢了，你就调盐水来泡他们。

歌队长 大家让一点路，让他们在安静的环境中，在我们面前像陀螺那样旋转。 1517

布得吕克勒翁、螃蟹甲、螃蟹乙、螃蟹丙一同跳舞。

歌队 （抒情歌首节）海之王的大名鼎鼎的儿子们啊，在沙滩上跳吧，虾子的弟兄们啊，在荒凉的海岸前跳吧。

（次节）脚要转得快；跳佛律尼科斯舞，让观众看见你们的腿跃得高，大声喝彩。（本节完）

转吧，绕着圈儿跳吧，拍拍肚皮，把腿跃到天那样高，像陀螺那样旋转。

卡耳客诺斯装扮成大螃蟹[245]，自观众右方上场。

你们的父亲——海之王也爬来了，他喜欢看他的儿子们——三个各有三只球的舞蹈家。

你们喜欢跳，就一边跳，一边把我们带走；从来没
1537 有一个喜剧演员这样做：一边跳，一边把歌队带走。

卡耳客诺斯和螃蟹甲、螃蟹乙、螃蟹丙一边跳舞，一边带着歌队自观众右方下。菲罗克勒翁和布得吕克勒翁进屋，珊提阿斯随入。

注释

［1］ 布得吕克勒翁（Bdelykleon）这名字的意思是“憎恨克勒翁的人”。克勒翁（Kleon）是个政治煽动家，他反对同斯巴达人议和。

［2］ 菲罗克勒翁（Philokleon）这名字的意思是“喜爱克勒翁的人”。

［3］ 拉刻斯（Lakhes）曾任雅典将军职，于公元前427年远征西西里。

［4］ 开瑞丰（Khairephon）是个哲学家，死在苏格拉底（Sokrates）被判死刑（公元前399年）之前。

［5］ 卡耳客诺斯是公元前5世纪的人，可能做过雅典将军。

［6］ 科律巴斯（Korybas）是小亚细亚弗利基亚（Phrygia）的女神库柏勒（Kybele）的祭司的名称。这些祭司在祭祀库柏勒的时候疯

狂地跳舞。

[7] 古代的注释者说，萨巴梓俄斯（Sabazios）是色雷斯（Thrake）人对酒神狄俄倪索斯（Dionysos）的称呼。一说这里提起的萨巴梓俄斯就是弗利基亚的酒神巴克科斯（Bakkhos），为库柏勒的儿子。索西阿斯的意思是说他喝醉了。

[8] 波斯人曾经两次攻打希腊，第一次败于马拉松（Marathon）战役（公元前 490 年），第二次败于萨拉密斯（Salamis）战役（公元前 480 年）。

[9] 雅典人在得利翁（Delion）战役（公元前 424 年）被玻俄提亚（Boiotia）人打败，克勒俄倪摩斯（Kleonymos）在那次的战役中弃盾而逃。

[10] 这里戏拟一个著名的谜语，谜语的意思是："什么动物住在天上、地上和海里？" 答案是蛇、熊、鹰等，因为有蛇星座、陆蛇、水蛇；有熊星座、陆熊、水熊；有鹰星座、陆鹰、海鹰。这里的答案是蛇。

[11] 讽刺悲剧中常用"城邦的船"这个比喻，例如索福克勒斯的悲剧《安提戈涅》（*Antigone*）第 189 行、欧里庇得斯的悲剧《美狄亚》（*Medeia*）第 522 行。

[12] "龙骨"是船的基础，这里借用来指基础，即要点。

[13] "官棍"是象征陪审职权的短棍，陪审员在退庭时把官棍和

出席券交还，换取当天的陪审津贴。

[14] 普倪克斯（Pnyx）山冈是开公民大会的地点，在雅典卫城西边。

[15] 指克勒翁，这里讽刺他贪婪成性，接受贿赂。

[16] 讽刺克勒翁是硝皮厂厂主。

[17] “肥肉”（谐人民）原文作 demos（德谟斯），尖音在后为“肥肉”，在前为“人民”。

[18] 克勒翁在本剧上演前两年（公元前 424 年），把人民分化为两部分，使他们不能联合起来接受斯巴达的和平建议。

[19] 忒俄洛斯（Theoros）是克勒翁的党羽。

[20] 阿尔喀比阿得斯（Alkibiades，公元前 450？—前 404）是雅典政治家，曾任雅典将军职，后来成为叛徒。他口齿不清，把 r 读成 l，把 oras（俄剌斯，意思是看见）读成 olas（俄拉斯，译文作“宽见”，意思是看见），把 korax（科剌克斯，意思是乌鸦）读成 kolax（科拉克斯，意思是阿谀者，译文作“阿谀的枯鸦”，意思是阿谀的乌鸦）。

[21] 六个俄玻罗斯（obolos）合一个德拉克马（drakhme），当时劳动人民一天的收入是四个俄玻罗斯。

[22] 墨伽拉（Megara）在雅典领土阿提刻（Attika）西边。希腊本部和西西里的墨伽拉人都自称首创喜剧。

[23] 一些拙劣的喜剧诗人常叫剧中人物向观众扔果子，这样讨他们喜欢。

[24] 赫剌克勒斯（Herakles）是宙斯（Zeus）和阿尔克墨涅（Alkmene）的儿子，为希腊最伟大的英雄。他爱吃爱喝，在喜剧中常被人讥笑。

[25] 欧里庇得斯（Euripides，公元前480？—前406）是古希腊三大悲剧诗人之一。阿里斯托芬经常在他的喜剧中讥笑欧里庇得斯。

[26] 暗指克勒翁在公元前425年在斯法克忒里亚（Sphakteria）岛生擒二百九十二个斯巴达人。一说暗指克勒翁即将率领军队赴色雷斯袭击斯巴达将军布剌西达斯（Brasidas），收复安菲波利斯（Amphipolis）城。克勒翁后来在公元前422年（在本剧上演之后）战死在安菲波利斯城下。

[27] 这句话暗指作者在上一年上演的《云》之所以失败，未能获得戏剧奖赏，是由于那出戏太深奥，观众未能领会其中的意义。

[28] 阿密尼阿斯（Amynias）暗指雅典执政官阿墨尼阿斯（Ameinias）。雅典法律禁止诗人在喜剧里讽刺执政官，阿里斯托芬因此把阿墨尼阿斯的名字改为“阿密尼阿斯”。阿墨尼阿斯本是普洛那珀斯（Pronapes）的儿子，诗人后来把他作为塞罗斯（Sellos）的儿子。

[29] 这里提起的索西阿斯是个观众，不是剧中的仆人索西阿斯。

得耳库罗斯（Derkylos）是个客栈老板，一说是个喜剧演员。

[30] 斯坎玻尼代（Skanbonidai）是阿提刻的一个乡区。尼科特剌托斯（Nikostratos）是狄伊特里斐斯（Diitriphes）的儿子，曾任雅典将军职，后来在曼提涅亚（Mantineia）之役（公元前418年）战死。“爱献祭”讽刺尼科特剌托斯很迷信，他求神问卜，每次得到不吉利的神示，便向神献祭，祈求消灾弭难。

[31] 由埃及传来的狗脸神。

[32] 菲罗克塞诺斯（Philoxenos）是个讲同性恋爱的人，这名字的意思是“爱招待客人”。

[33] 指法庭上用来限制两造说话的时间的漏壶。

[34] 讲同性恋爱的人往往把他们所爱的人的名字题在门上、墙上或树上。皮里兰珀斯（Pyrilampes）的儿子得摩斯（Demos）是个美少年。demos 作“人民”讲，则译作德谟斯。

[35] 菲罗克勒翁把“得摩斯”改成“刻摩斯”（Kemos）。刻摩斯是法庭上的投票箱上面的漏斗。

[36] 古雅典官吏卸任后须受审查；审查员如果发现他们有舞弊的嫌疑，就请法院审判他们。法院在早上开庭，菲罗克勒翁想早点去审判那些官吏，甚至在黄昏时动身，他都嫌晚了。

[37] 据说蜮贝的粘力很强，它本身不过半两重，可是要把它从

岩石上扯下来，须费三十斤力量。

［38］ 审判完毕，由陪审员投票，黑票多，判定被告有罪；白票多，判定被告无罪；如果票数相等，由庭长投一票。然后按法律惩罚；如果法律上没有明文规定，则由原告提出较重的惩罚，由被告提出较轻的惩罚。陪审员随即举行第二次投票，黑票多，判处被告以较重的惩罚，然后由负责人在蜡板上划一条长线；白票多，则判处被告以较轻的惩罚，然后由负责人在蜡板上划一条短线。

［39］ 这一行半（自“这就是”起）戏拟欧里庇得斯的悲剧《斯忒涅波亚》（*Stheneboia*，已失传）中的剧词，原剧词的意思是：“这就是爱神的疯病；你越规劝他，他越逼得紧。”

［40］ 科律巴斯仪式同巴克科斯仪式相似，可以治病，以疯治疯，犹如以毒攻毒。

［41］ 新法院是雅典十法院之一，坐落在市场里。

［42］ 医神指阿克勒庇俄斯（Asklepios），是阿波罗（Apollon）的儿子。他的圣地是厄庇道洛斯（Epidauros），在伯罗奔尼撒（Peloponnesos）半岛东北角上，那里有他的庙宇，庙上的祭司们用天然疗养法给人治病。埃癸纳（Aigina）是一个岛屿，在阿提刻与厄庇道洛斯之间，据说那里也有一所医神庙。

［43］ “栅栏门”是法院的外门。

[44] 波塞冬（Poseidon）是克洛诺斯（Kronos）和瑞亚（Rhea）的儿子，为海神。

[45] 卡普尼阿斯（Kapnias）这名字的意思是“呛人的烟子”，据说这是喜剧诗人厄克方提得斯（Ekphantides）的诨名，因为他的戏像烟子那样呛人。

[46] 古希腊人的锁是一条绳子，拴在门闩的右方（从门外看），再由门上的小孔穿出。从门外将绳子一拉，门闩往左方移动，插入门柱上的环孔，门便锁上了。

[47] 这里提起的德剌孔提得斯（Drakontides）是个政治家，后来成为“三十独裁者”之一。

[48] “神”指阿波罗，阿波罗是宙斯和勒托（Leto）的儿子。得尔福（Delphoi）在科林斯（Korinthos）海湾北岸福喀斯（Phokis）境内，为阿波罗的圣地。

[49] “定罪板”指法院里的蜡板，参看注[38]。

[50] 古希腊人采用阴历。初一逢大市。

[51] 俄底修斯（Odysseus）是特洛亚（Troia）战争中的希腊英雄。他在凯旋途中被关在圆目巨人的洞里，他爬在一只羊的肚子底下逃了出来，故事见荷马史诗《奥德赛》第九卷。

[52] 俄底修斯曾经告诉圆目巨人，他的名字叫“乌提斯”（Outis，

意思是“没有人”)。圆目巨人后来被俄底修斯弄瞎了眼睛，他大声叫痛；他的族人跑来问，是谁害了他，他回答说:“乌提斯害了我。”他的族人把这句话理解为“没有人害了我”，便各自回家去了。

[53] 俄底修斯是伊塔刻(Ithake)人，伊塔刻是一个岛屿，在希腊西海岸外。

[54] “嗯啊嗯啊”是毛驴的叫声。“传票证人”原文作“呼唤者”，指大声呼唤的传票证人(证明传票已经送到被告手里的人)，兼指嗯啊嗯啊叫的毛驴。

[55] 雅典演说家狄摩西尼(Demosthenes)有一次在公民大会上为一个罪人辩护，群众不耐心听，场上秩序混乱。他因此离开本题，讲了一个故事，说他骑驴赴墨伽拉，中途休息时，他坐在毛驴身边的阴影里乘凉。赶驴的说，他只出租毛驴，没有出租驴荫，两人为此争吵起来。群众听到这里便安静下来，想知道这场争吵是怎样结束的。狄摩西尼便借这机会责备听众只关心琐事，而不关心人命。

[56] 古希腊的大门是朝外打开的，所以可以从外面顶住。

[57] 用木棒支着大门，用石臼顶着木棒。

[58] 斯客翁涅(Skione)在爱琴海北部一个半岛上，本是雅典的盟邦，在公元前 423 年倒向布剌西达斯。本剧上演时(公元前 422 年)，雅典人正在封锁该城；后来在第二年攻下，他们按照克勒翁留下的建议，

把所有的成年男子尽行杀戮，把所有的妇女和儿童卖为奴隶。

[59] 佛律尼科斯（Phrynikhos）是早期的悲剧诗人，他在公元前 477 年左右上演悲剧《腓尼基人》，该剧写希腊人在公元前 480 年抗击波斯人的故事，剧中的歌队是由西顿（Sidon）妇女组成的。西顿是腓尼基最古老的城市。

[60] 科弥阿斯（Komias）是虚构的人物。

[61] 卡里那得斯（Kharinades）是个乡下人。

[62] 孔梯勒（Kontyle）是阿提刻的一个乡区，为潘狄俄尼斯（Pandionis）氏族的居住地。斯律摩多洛斯（Strymodoros）、欧厄耳癸得斯（Euergides）和卡柏斯（Khabes）都是陪审员。佛吕亚（Phlya）是阿提刻东海岸的一个乡区，为普托勒迈斯（Ptolemais）氏族的居住地。

[63] 公元前 478 年，希腊舰队在斯巴达将军鲍萨尼阿斯（Pausanias）率领下攻下被波斯占领的拜占庭（Byzantion，后来称为君士坦丁堡）。

[64] “野菜”原文作“科耳科洛斯”（Korkoros），据说是一种难吃的野菜，有人认为是紫蘩蒌（又名海绿），但是紫蘩蒌不可食。

[65] 拉刻斯在公元前 427 年率领二十只战舰远征西西里，没有战功，因此被撤职，舰队改由皮托多洛斯（Pythodoros）率领，这人因为犯有贪污罪，受到处罚。克勒翁大概在这时候以同样罪名威胁拉刻

斯。拉刻斯在公元前423年（本剧上演的前一年）和公元前421年致力于同斯巴达媾和。他在公元前418年死于曼提涅亚战役。

[66] 奉命出征的雅典公民须自备三天的口粮，这里戏拟为“三天的强烈的忿怒”。

[67] “橄榄”原文作“厄来亚”（elaia），是一种似橄榄非橄榄的果实，在我国称为油橄榄。

[68] 歌队长的意思是说，灯芯由于空气潮湿而开花。

[69] 这是一句谚语，意思是白费功夫。

[70] 萨摩斯（Samos）岛在爱琴海东南部。该岛在公元前440年叛变，倒向波斯，随即被雅典占领。据说那个告密的人是卡律斯提翁（Karystion）。

[71] 色雷斯在黑海西边。本剧上演时，布剌西达斯正在威胁雅典在色雷斯的殖民地，因此雅典人疑心有谋反的人从色雷斯到雅典来活动。

[72] “羊拐子”是羊蹠骨的俗名。羊蹠骨可以当骰子玩。

[73] 克勒翁在公元前425年把陪审员每天的津贴由两个俄玻罗斯提高到三个俄玻罗斯。

[74] 古雅典有九个执政官，这些执政官各有专职，但都兼任法庭庭长。古雅典有十个法庭，每天视案件多少而决定开多少法庭，每个法庭有五百个陪审员出庭。

[75] “赫勒”指赫勒海峡（Hellespontos，一译赫勒斯滂，今称达达尼尔），位于小亚细亚西北角。“赫勒的神圣之‘道’”，戏拟抒情诗人品达（Pindaros，公元前522？—前442）的诗句，在品达的原诗里，“道”字指波斯国王塞克塞斯（Xerxes）在公元前480年为了向希腊进军在赫勒海峡上架起的浮桥，这里借用来指谋生之道。

[76] 这行和上一行戏拟欧里庇得斯的悲剧《忒修斯》（*Theseus*）中的剧词，该剧中有一些男孩被送去喂牛头人身的怪物吃。欧里庇得斯的原剧词的意思大概是：“不幸的母亲，你为什么生我，叫我吃苦头？”

[77] 这行戏拟《忒修斯》中的剧词，欧里庇得斯的原剧词的意思大概是：“父亲，他们是家里的孩子们当中不中用的人。”

[78] 普洛塞尼得斯（Proxenides）是个浮夸的人。“塞罗斯的儿子”，指埃斯客涅斯（Aiskhines），也是个浮夸的人。

[79] 这里以烤小鱼为喻。鱼烤好后，把上面的灰吹掉，然后把鱼泡在加醋的盐水里。

[80] 指法庭上用来当判决票的贝壳。

[81] 德谟罗戈克勒翁（Demologokleon）这名字的意思是“煽动人民的克勒翁”。歌队一生气，这样骂布得吕克勒翁，等于骂了自己的保护人克勒翁。

[82] “真相”指贪污舞弊。

[83] “公告牌”指公布即将审判的案件的案由的牌告。

[84] 俄底修斯曾经伪装乞丐混入特洛亚城，他回家的时候也是伪装乞丐。

[85] 纳克索斯（Naxos）岛在爱琴海南部。纳克索斯人曾经叛离以雅典为首的得罗斯（Delos）同盟，在公元前473或466年被雅典人围攻。

[86] “网之神”原文作“狄克婷娜”（Diktynna，意思是“用网捕兽的女神”），为狩猎女神阿耳忒弥斯（Artemis）的别名，这名字的读音和“狄克梯翁”（diktyon，意思是猎网）的读音很相近。一说狄克婷娜本是克里特（Krete）岛上的狩猎仙女，因为逃避该岛的国王弥诺斯（Minos）的追逐，跳海自杀，后来被渔网救起来了，因此名叫狄克婷娜。

[87] “地母地女”原文作“两位女神”，指得墨忒耳（Demeter）和她的女儿珀耳塞福涅（Persephone）。得墨忒耳是克洛诺斯和瑞亚的女儿，为农神。地母地女的教仪是很秘密的，任何人不许泄露。观众以为这些陪审员会唱出“密仪”一词，哪知他们却唱出“法令”一词。

[88] 狄俄珀忒斯（Diopeithes）是个预言者，他在平时也是疯疯癫癫的。

[89] 指法院外面的栏杆。

［90］ 吕科斯（Lykos）是雅典国王潘狄翁（Pandion）的儿子，他的庙宇坐落在一所法院旁边。

［91］ 指挂在门上的橄榄枝。古雅典人在十月尾庆祝收获节，他们在橄榄枝或桂树枝上缠一些羊毛，绑一些无花果、糕点，挂一些小瓶，瓶里装一点蜂蜜、橄榄油和葡萄酒。游行完毕后，把树枝挂在大门上。

［92］ 陪审员的任期是一年。

［93］ 斯弥库提翁（Smikythion）是个淫荡的人。忒西阿得斯（Teisiades）这名字的意思是惩罚者。克瑞蒙（Khremon）这名字的意思是悭吝人。斐瑞得普诺斯（Pheredeipnos）这名字的意思大概是“哪里去找饭吃”。

［94］ 据说克勒翁有一百个食客，他们都是拍克勒翁马屁的人。

［95］ 戈耳癸阿斯（Gorgias，公元前483？—前376？）是西西里人，为著名的智者和修辞学家。他在公元前427年出使雅典，发表演说，很有名声。菲利波斯（Philippos）是个演说家，为戈耳癸阿斯的门弟子，这里故意称他为戈耳癸阿斯的儿子。

［96］ 指法庭上用来划线的笔，参看注［38］。

［97］ 意即将因挨打而羡慕乌龟长了甲壳。

［98］ 弥达斯（Midas）、佛律克斯（Phryx）和马辛提阿斯（Masyntias）都是奴隶的名字。

[99] 指虚张声势。布得吕克勒翁借这句话挖苦歌队。

[100] 刻克洛普斯（Kekrops）是雅典第一个国王，为雅典城的建立者，他腰部以下是蛇尾。

[101] “升”，原文作“科尼克斯”（Khoinix），为干量名称，约合0.85公升。“十二合一升”原文作“四科梯勒一科尼克斯”，据说三科梯勒（kotyle）合一科尼克斯，菲罗克勒翁把科尼克斯的容量增加了三分之一。我国旧时干量每升为十合。

[102] 指没有袖子的衬袍，为奴隶和穷人穿的衣服。

[103] 观众以为歌队长会说出“主人”一词。

[104] 意思是“还不快滚去喂乌鸦吃？”。

[105] 埃斯客涅斯即第325行中提起的“塞罗斯的儿子”。这里却说他是塞拉耳提俄斯（Sellartios）的儿子，“塞拉耳提俄斯”这名字的字根是“塞拉斯”（selas），“塞拉斯”的意思是火焰。

[106] 菲罗克勒斯（Philokles）是埃斯库罗斯（Aiskhylos，公元前525—前456，为古希腊三大悲剧诗人之一）的外甥。菲罗克勒斯的诨名叫“胆汁”，因为他的诗有火气，能使人壮胆。

[107] “镶边的斗篷”是斯巴达人的服装；雅典人的斗篷比较短，不镶边。斯巴达人蓄长胡子，雅典人蓄短胡子。

[108] 据说古雅典的菜园边上种植芹菜和芸香。这里以菜园比喻

“苦难”；这句话的意思是：苦难还没有开始。

［109］“斗”字原文作“三科尼克斯”，参看注［101］。

［110］庇士特拉妥（Peisistratos）在公元前560年借民众的力量，夺取政权，成为雅典城的独裁君主（一译僭主）。他死后由他的儿子希庇阿斯（Hippias）和希帕卡斯（Hipparkhos）当权，他们很残暴，希帕卡斯在公元前514年被刺死；希庇阿斯在公元前510年被放逐，他在公元前490年借波斯兵力进行复辟，死于马拉松战役。

［111］“希庇阿斯”这名字的字根为hippos（马）。

［112］指歌队队员们。

［113］摩律科斯（Morykhos）是个悲剧诗人，他很讲究吃穿。

［114］古希腊人吃完正餐后，斟一大杯纯酒，先向神致奠，然后每人喝一口。此后才举行会饮，喝的是掺水的淡酒。观众以为菲罗克勒翁会说出“纯——酒”一词，哪知他却说出“津贴”一词，“津贴”指陪审员的报酬。“幸运之神”是看管个人幸运的守护神。

［115］橄榄树是女神雅典娜（Athena）送给雅典人的礼物。老年人不中用了，只能在雅典娜节的游行队里充当捧橄榄枝的人。“宣誓书”指原告和被告呈交的誓言，前者的誓言保证自己的控词是真实的；后者的誓言否认对方的控词是真实的。

［116］由肘至中指尖端的长度为一肘尺。

[117] 伊索（Aisopos）是公元前6世纪的寓言家。

[118] 年满二十的雅典男子在阿帕图里亚（Apatouria）节第三日举行成年礼，接受检阅，获得公民权。

[119] 俄阿格洛斯（Oiagros）是个著名的演员。埃斯库罗斯和索福克勒斯（Sophokles，公元前495—前406，为古希腊三大悲剧诗人之一）都写过一出《尼俄柏》（*Niobe*）。尼俄柏是坦塔罗斯（Tantalos）的女儿，嫁给安菲翁（Amphion），生了七男七女，她因此向只生了一男一女的勒托夸耀她的子女多，勒托的儿子阿波罗和女儿阿耳忒弥斯便在气愤之下把尼俄柏的儿女全都射死了。

[120] 按照氏族社会遗留下来的习惯，做父亲的若没有为他的独生女儿指定一个配偶，他死后，本氏族中和死者最亲近的人就有权利要求娶这女子为妻。"罩子"是用来保护遗嘱上的印记的。

[121] 欧阿特罗斯（Euathlos）是个政治煽动家，为克勒翁的党羽。"科拉科倪摩斯"（Kolakonymos）是由"科拉克斯"（参看注[20]）和"克勒俄倪摩斯"（参看注[9]）组合而成的，意思是"阿谀者倪摩斯"（"倪摩斯"是"克勒俄倪摩斯"的缩体字），诗人借此挖苦克勒俄倪摩斯拍克勒翁的马屁。

[122] 陪审员只审判一件案子，但是仍然可以获得一天的津贴三个俄玻罗斯。

[123] 欧斐弥俄斯（Euphemios），待考。

[124] 这句话没有说完。菲罗克勒翁大概做了一个手势，表示要鞭打管家。

[125] 这句意义不明。古代的注释者说，“保障”和“护身衣”暗指值三个俄玻罗斯的钱币。

[126] 据说古希腊人和古罗马人认为打闪鸣雷的时候将有奇异的事发生，他们因此咂咂嘴，以为这样可以避免灾祸。

[127] “常乐岛”是众英雄死后居住的岛屿，岛上无风雪，为一快乐世界。一说在冥土，一说在大地的西边。

[128] 克洛诺斯是乌剌诺斯（Ouranos，即天）和该亚（Gaia，即地，该亚又作革亚 Gea）的儿子。“克洛诺斯的儿子”本意是指宙斯，这里借用来称呼菲罗克勒翁。

[129] 古希腊人在祭神的时候，把牺牲的心肝肾肺等留下来吃，但是杀人犯不得参加祭宴。

[130] 以雅典为首的得罗斯同盟，原来是为了对付波斯侵略而成立的；盟邦出贡款，由雅典用这笔钱来建立海军。贡款的总数起初是四百六十塔兰同（Talanton，一塔兰同合六千德拉克马），内战初期增加到六百塔兰同。

[131] “矿税”指银矿税。阿提刻东南部的劳瑞翁（Laurion）出

产银矿，开采人须缴纳矿税。

[132] 指租用公共建筑、土地、草地等的人所缴纳的租金。

[133] 雅典法庭每年开庭三百天左右（在六十来天的节日里不开庭），陪审津贴每人每天三个俄玻罗斯，六千人每天的陪审津贴共一万八千俄玻罗斯，共合三千德拉克马，即半个塔兰同。

[134] “孔那斯”（Konnas）原文作“孔努”（Konnou），为“孔那斯”或“孔诺斯”（Konnos）的属格。孔那斯是个双管吹手，曾经在奥林匹亚（Olympia）音乐竞技会上得过多次花冠奖赏，他后来爱喝酒，生活很潦倒，家中只剩下一些奖品了。孔诺斯是墨特洛比俄斯（Metrobios）的儿子，苏格拉底老年时在他门下学习过音乐。这里所指的不知是孔那斯还是孔诺斯。当日称无意义的声音和无价值的东西为孔那斯或孔诺斯的“特里翁”（thrion，本义是无花果树叶）；观众以为布得吕克勒翁会说出“特里翁”，哪知他却说出“判决票”。

[135] 欧卡里得斯（Eukharides）是个蔬菜贩。

[136] 开瑞阿斯（Khaireas）是个侨民，曾冒充雅典公民。

[137] 法院悬旗，表示即将开庭。

[138] 萨耳多（Sardo）即撒丁（Sardinia）岛，在意大利西边，西西里岛西北。

[139] 古希腊人用羊毛蘸一点橄榄油，再把油滴到伤口上或耳朵

里治病。

[140] 指初次挤出的牛奶。

[141] 欧玻亚（Euboia）是一个很长的岛屿，在阿提刻东北。公元前445年，埃及国王普珊墨提科斯（Psammetikhos）赠送小麦给雅典人，当时有许多人被控冒充公民去领取粮食。据说只有一万四千四十人领到粮食，将近五千人因为不合格，没有领到。“五担”原文作“五十墨丁诺斯（medimnos）”，一墨丁诺斯合四十八科尼克斯；“升”原文作“科尼克斯”，参看注[101]。

[142] 据说这句话是公元前6世纪的格言诗人福库利得斯（Phokylides）说的。

[143] 据说这句引自欧里庇得斯的悲剧《受辱的希波吕托斯》（*Hippolytos Kalyptomenos*，已失传）。

[144] 这句戏拟欧里庇得斯的《阿尔刻提斯》（*Alkestis*）第866行，该行的意思是：“我想念他们”（指死者）。

[145] 这句（自“树荫啊”起）戏拟欧里庇得斯的悲剧《柏勒洛丰忒斯》（*Bellerophontes*，已失传）中的剧词，原剧词的意思是：“树叶的阴影啊，让我穿过那溪谷！”

[146] 这句的意思是：“我已经死了，在冥土受审判。”据说这句戏拟欧里庇得斯的悲剧《克瑞忒女人》（*Kressai*，已失传）中的剧词。

［147］ 古雅典九个执政官当中，有六个叫作“忒斯摩忒忒斯”（thesmothetes），意思是“立法者”。

［148］ 陪审员感到苦恼，答辩者就要吃亏。

［149］ 吕西斯特剌托斯（Lysistratos）是个拙劣的诗人。

［150］ 赫卡忒（Hekate）是珀耳塞斯（Perses）的女儿，为住宅的守护神。

［151］ 讽刺克勒俄倪摩斯弃盾而逃。

［152］“拉柏斯”这名字的意思是“盗窃者”，这人物影射拉刻斯，参看注［3］。

［153］“另外一条狗”影射克勒翁。

［154］ 赫斯提亚（Hestia）是克洛诺斯和瑞亚的女儿，为灶火之神。

［155］ 古希腊人在节日里先向赫斯提亚奠酒，故说一切事的开始为“从赫斯提亚开始”，含有顺利开始的意思。

［156］“诉状”上有书写的证据，这些证据密封在瓶里，在开审时启封。

［157］“小园地”指蜡板，“犁痕”指长线，参看注［38］。

［158］“舀罐”指用来舀豆羹的带把手的小罐。

［159］ 祭神的人头戴桃金娘花冠。乳香用来焚烧，作祭神之用。

[160] 福玻斯（Phoibos）是阿波罗的别号。皮托（Pytho）是得尔福的古名。

[161] 伊厄伊俄斯（Ieios）是阿波罗的别号，源出信徒们对阿波罗祈求的呼声“伊厄”（ie）。“拯救之神”原文作“派安”（Paian），这名称的意思是“拯救者”，因为阿波罗能消灾弭难。

[162] 阿癸伊欧斯（Agyieus）是阿波罗的别号，这别号的意思是“街道上的保护者”。古希腊人的大门外立着一根圆锥形石柱，这石柱象征阿波罗。

[163] 布得吕克勒翁现在充当忒斯摩忒忒斯，参看注[147]。

[164] 库达忒诺斯（Kydathenos）乡在古雅典城内，为潘狄俄尼斯氏族的居住地，克勒翁和阿里斯托芬都籍属此乡。埃克索涅（Aixone）乡是刻克洛庇斯（Kekropis）氏族的居住地，拉刻斯籍属此乡。

[165] 狗甲没有名字，它的面具很像克勒翁。狗乙名叫拉柏斯，它的面具很像拉刻斯。

[166] “壳”即外皮，语音读“俏”。

[167] 这句戏拟一句谚语，原来的谚语是：“一个丛林不能养两只知更鸟。”

[168] 这里提起的修昔底德（Thoukydides）是一个政治家，不是那个写《伯罗奔尼撒战争史》的历史学家。这人是弥勒西阿斯（Milesias）

的儿子，为伯里克理斯（Perikles）的政敌。他在公元前442年被控有叛国罪，在受审的时候说不出话来，因此被放逐。

[169] 学弹竖琴，是受良好的教育。

[170] 陪审员认为被告说够了，便向他说："行了，下去吧。"被告以为可以得赦，结果往往是被宣判有罪。

[171] 许珀玻罗斯（Hyperbolos）是个政治煽动家。

[172] 阿里斯托芬的早期喜剧《宴会》（已失传）是借菲罗尼得斯（Philonides）的名义上演的，他的《巴比伦人》（已失传）和《阿卡奈人》是借卡利斯特剌托斯（Kallistratos）的名义上演的，这里提起的"诗人们"，就是指这两个出名义的人。欧律克勒斯（Eurykles）是个腹语术士，能用肚子讲话。

[173] 到了公元前424年，阿里斯托芬才用自己的名义上演他的喜剧，那次上演的是《骑士》，该剧攻击克勒翁，那是一件很危险的事。

[174] 暗指《骑士》获得头奖。

[175] 报名参加戏剧比赛的诗人把他们的剧本交给执政官，执政官批准三个诗人参加比赛，给他们每人一个歌队，这歌队由诗人自己训练。阿里斯托芬第一次训练的是《骑士》的歌队。

[176] 赫剌克勒斯曾经攻打过许多野兽，如狮子、野猪、九头蛇。

[177] 暗指克勒翁。

[178] 铿娜（Kynna）是个妓女，据说是克勒翁的情妇。

[179] “马屁精”指克勒翁的帮闲和党羽。这里以头上长着一百条蛇的怪物梯福欧斯（Typhoeus）为喻。

[180] 拉弥亚（Lamia）是个女妖，她有睾丸。

[181] 指诡辩派传染的寒热病。这里暗指诗人在去年（公元前 423 年）上演《云》，讽刺苏格拉底和诡辩派。

[182] “司令执政官”是雅典第三位执政官的官衔，最早的第三位执政官是作战司令，这位执政官后来担任审判外侨的法庭庭长。

[183] 暗示评判员们没有让《云》得奖。

[184] 狄俄倪索斯是宙斯和塞墨勒（Semele）的儿子，为酒神，他保护戏剧演出。

[185] “跳舞”指跳盾牌舞。诗人把这些老年人当作马拉松战役和萨拉密斯战役的卫国英雄。参看注 [8]。

[186] 火神赫淮斯托斯（Hephaistos）想娶雅典娜为妻，雅典娜不愿意。在赫淮斯托斯强迫她的时候，她竭力挣扎，以致赫淮斯托斯的种子落地，化生为一个男孩，这孩子名叫厄瑞托尼俄斯（Erikhthonios），后来成为雅典第一个国王。雅典人由于他们的先人厄瑞托尼俄斯是从地里生长的，自命为“土生土长的”人，并以此自豪。

[187] 雅典城曾在公元前 480 年被波斯人烧毁。

[188] 公元前480年，波斯陆军到达温泉关。斯巴达人狄恩刻斯（Dienkes，一说是斯巴达国王勒俄尼达斯 Leonidas）听说波斯的箭射起来可以遮天蔽日，他回答说："好消息；我们将在阴影下作战。"

[189] 猫头鹰是雅典的守护神雅典娜的圣鸟。猫头鹰在希腊军队上空飞过，是一个吉兆。

[190]"彼岸"指小亚细亚海岸，当时属波斯版图。雅典人曾在公元前466年，在小亚细亚西南部欧律墨冬（Eurymedon）河口登陆，击败波斯陆军。

[191] 刑事官担任警察职务，兼任刑事法庭庭长。古雅典有十个混合族，每族选派一位刑事官，外加书记一人，凑成十一位刑事官。俄得翁（Odeion）是个音乐场，有时候借用来作法庭。

[192] 考那刻斯（kaunakes）是波斯语，意思是"波斯大衣"。

[193] 梯迈提斯（Tymaitis）源出梯迈塔代（Tymaitadai），梯迈塔代是阿提刻的一个乡区，为希波托翁提斯（Hippothoontis）氏族的居住地。

[194] 萨耳德斯（Sardeis）原是小亚细亚中部吕狄亚（Lydia）王国的首都，后来并入波斯版图。

[195] 厄克巴塔那（Ekbatana）坐落在俄戎忒斯（Orontes）山麓，是波斯国王避暑的地点。

[196] 这种粗绒料子很像有皱纹的牛肠，菲罗克勒翁以为是用牛肠做的。

[197] 拉孔尼刻（Lakonike）是伯罗奔尼撒半岛南部一个区域，其中最大的城市是斯巴达。拉孔尼刻鞋是一种时髦的红色鞋子。

[198] 卡耳多庇翁（Kardopion）打过他的母亲。

[199] 忒俄革涅斯（Theogenes）是个吹牛皮的人。

[200] 安德洛克勒斯（Androkles）是个放荡的人。克勒忒涅斯（Kleisthenes）是个讲同性恋爱的人。“观礼”指代表城邦赴奥林匹亚等地去参加宗教节庆，观看竞技表演。

[201] 菲罗克勒翁的意思是说，他不是代表城邦去观礼，而是去给观礼的人做仪仗队兵士，兵士的军饷每天是两个俄玻罗斯。帕洛斯（Paros）岛在爱琴海南部。

[202] 厄孚狄翁（Ephoudion）是亚加狄亚（Arkadia）人，为著名的拳击家，曾在奥林匹亚竞技会上获得胜利。阿斯孔达斯（Askondas）也是个著名的拳击家。“摔”指摔跤，“打”指拳击，这里所说的是一种混合竞技。

[203] 厄耳伽西翁（Ergasion）是个乡下人。

[204] 法宇罗斯（Phayllos）是奥林匹亚竞技会上的赛跑健将。

[205] 小餐桌在进餐前搬进屋，摆在卧榻前面。

[206] 法诺斯（Phanos）是克勒翁的党羽。阿刻斯托耳（Akestor）是个外邦人，据说是个悲剧诗人。

[207] 古希腊人在会饮的时候轮流诵诗。一位客人拿着桃金娘枝或桂树枝诵一两句诗，然后随意把树枝递给另一位客人，叫他联句。

[208] 在梭伦（Solon）时代（公元前6世纪初），阿提刻居民划分为山地人、平原人和海滨人。据说山地人比较穷苦、蠢笨。

[209] 指赞美哈摩狄俄斯（Harmodios）的颂歌。哈摩狄俄斯是刺杀独裁君主希帕卡斯的英雄，行刺后被希帕卡斯的卫兵杀死了。

[210] 古代的注释者说，这两行是由阿尔开俄斯（Alkaios）的诗句改编而来的。

[211] 阿德墨托斯（Admetos）是斐赖（Pherai）城的国王，他命中注定要早死，他的妻子阿尔刻提斯（Alkestis）替他死了。赫剌克勒斯路过斐赖城，把阿尔刻提斯从死神手里救了出来，使她复活。参看欧里庇得斯的《阿尔刻提斯》。据说这行诗引自阿尔开俄斯或女诗人萨福（Sappho）的作品。

[212] 据说这首酒歌是在对帖萨利亚（Thessalia）人表示敬意，因为帖萨利亚人曾帮助雅典人推翻独裁君主希帕卡斯和希庇阿斯。克勒塔戈拉（Kleitagora）是帖萨利亚的女诗人。帖萨利亚在希腊北部。

[213] 指埃斯客涅斯。

[214] 菲罗克忒蒙（Philoktemon）是个老饕，他家里经常举行宴会。

[215] 伊索寓言讲动物的故事，绪巴里斯（Sybaris）寓言讲人的故事。绪巴里斯在南意大利，为希腊人的殖民城市。

[216] 关于阿密尼阿斯，参看注[28]。诗人在这里把他作为塞罗斯（见第325行）的儿子，使他成为埃斯客涅斯的弟兄。阿密尼阿斯蓄着长头发，头上挽髻，所以这里说他是“高髻族出身”。

[217] 这里是说阿密尼阿斯倒霉以后，生活穷苦，但是仍然能到富翁家里吃酒席。勒俄戈剌斯（Leogoras）是个老饕。安提丰（Antiphon）是个穷苦而贪吃的人（不是那位著名的演说家）。

[218] 法耳萨罗斯（Pharsalos）城在帖萨利亚境内。

[219] 奥托墨涅斯（Automenes）的长子名叫阿里格诺托斯（Arignotos），这名字的意思是“闻名的”。他的次子与他自己同名。他的第三子阿里佛剌得斯（Ariphrades），据说是哲人阿那克萨弋剌斯（Anaxagoras）的门弟子。

[220] 缺“短歌次节”。

[221] 缺第1行。

[222] 挖苦克勒翁是硝皮厂厂主。

[223] 这是一句谚语。歌队长的意思是说，克勒翁以为诗人同他

和解了，结果是上了当。

［224］ 希皮罗斯（Hippylos），待考，吕孔（Lykon）是个政治家，后来在公元前399年控告苏格拉底。忒俄佛剌托斯（Theophrastos），待考。

［225］ 引号里的前一句讽刺菲罗克勒翁冲动起来有如葡萄汁发酵，并且讽刺他是废物。引号里的后一句是由谚语“毛驴跑去吃糠”改编而来的，原谚语讽刺匆忙的人。

［226］ 引号里的前一句讽刺吕西斯特剌托斯穿的是掉了毛的露线衣服。斯忒涅罗斯（Sthenelos）是个悲剧诗人，据说他的生活很穷苦。

［227］ 这是婚礼游行中给打火把的人的口令。

［228］ 参看注［35］。

［229］ 指上流社会的礼仪。

［230］ 达耳达尼斯（Dardanis）意思是“特洛亚女人”。

［231］ 奥林匹亚在伯罗奔尼撒西部，那里每四年举行一次竞技会。

［232］ 安库利翁（Ankylion）和索斯特剌忒（Sostrate）是虚构的人物。

［233］ 拉索斯（Lasos）是阿耳戈利斯（Argolis）境内赫耳弥俄涅（Hermione）城的抒情诗人。西蒙尼得斯（Simonides，公元前556—前467）是克奥斯（Keos）岛的人，为古希腊著名的抒情诗人。

[234] 伊诺（Ino）是卡德摩斯（Kadmos）的女儿，为阿塔马斯（Athamas）的情妇，她给阿塔马斯生了两个儿子，一个名叫勒阿耳科斯（Learkhos），另一个名叫墨利刻耳忒斯（Melikertes）。阿塔马斯的妻子是仙女涅斐勒（Nephele），她的婚事是由司婚姻的女神赫拉（Hera）撮合的。赫拉和涅斐勒对阿塔马斯同伊诺偷情的事很生气，她们惩罚阿塔马斯，使他在疯狂中杀死了勒阿耳科斯。伊诺痛不欲生，带着墨利刻耳忒斯投海自杀，伊诺化为海上的女神琉科忒亚（Leukothea），墨利刻耳忒斯化为海上的神帕莱蒙（Palaimon）。在欧里庇得斯的悲剧《伊诺》（已失传）中，伊诺可能在恐惧中跪在一位神的脚下求救。

[235] 意思是不会驾车不要驾车，不会打官司不要打官司。

[236] 庇塔罗斯（Pittalos）是著名的外科医生。

[237] 明指用来捆破瓶的带子，暗指用来包受伤的头的绷带。

[238] 意思是，如果菲罗克勒翁再在大门外把另一些传票证人骂走了，别人见了便不肯当传票证人了。

[239] 伊索曾经奉吕狄亚国王克洛索斯（Kroisos）之命，携款赴得尔福，给每个得尔福人发放一笔钱。伊索由于同得尔福人发生争吵而拒绝发放款子，得尔福人因此诬告他偷了阿波罗庙上的酒杯，把他处死。

[240] 伊索讲的寓言是这样的：有一只鹰要吃兔子，屎壳郎为兔

子求情，但是鹰当着屎壳郎的面把兔子吃了。屎壳郎记住这个侮辱，便飞到鹰的窝里，把蛋推出来打烂了。鹰飞到宙斯那里去告状，宙斯叫它把窝筑在他的衣兜里。鹰下蛋以后，屎壳郎飞到宙斯跟前，宙斯听见有鼓翼的声音，一吃惊站了起来，他衣兜里的蛋便滚出来打烂了。

[241] 忒斯庇斯（Thespis）是古希腊第一个悲剧诗人。

[242] 据说黑藜芦是古代治疯病的药物。

[243] 意思是蹲下来，准备进攻。菲罗克勒翁是在模仿佛律尼科斯向对手进攻的姿态。

[244] 卡耳客诺斯的大儿子名叫塞诺克勒斯（Xenokles），是个著名的悲剧诗人，他曾经把新奇的舞蹈介绍到悲剧里，并且在公元前415年击败欧里庇得斯。

[245] 卡耳客诺斯这名字的意思是螃蟹。

附录　1981 年版《阿里斯托芬喜剧二种》材料

译后记[1]

阿里斯托芬

阿里斯托芬（公元前 446？—前 385？）是古希腊著名喜剧诗人。据说，他父亲菲利波斯（Philippos）从雅典的盟邦罗得（Rhodes）岛或埃及迁居雅典，在这里取得公民权，并于公元前 431 年之前不久分得一份埃癸纳岛上的土地。阿里斯托芬生在雅典城内，属于潘狄俄尼斯（Pandionis）氏族。他有三个儿子，长子与祖父同名，次子名叫阿剌洛斯（Araros），三子名叫尼科斯剌托斯（Nikostratos）。据说，诗人的最后两个喜剧，《科卡罗斯》（*Kokalos*）和《埃俄罗西孔》（*Aiolosikon*）是替阿剌洛斯写的，他想把这年轻人作为一个喜剧诗人介绍给雅典人。他这三个儿子后来都成为中期喜剧的作家。诗人交游甚广，苏格拉底和柏拉图都是他的朋友。柏拉图曾在他的哲学对话《会饮篇》中提起阿里斯托芬讲过这样一个滑稽故事：那最初的人被神劈成一男一女，后来由爱情使他们互相寻找，结合为一。阿里斯托芬写了四十四个喜剧，得过七次戏剧奖赏。古希腊喜剧分旧喜剧、中期喜剧和新喜剧。旧喜剧是政治讽刺剧；中期喜剧是过渡期喜剧；新喜剧是世态喜剧，写家庭生活和爱情故事。古希腊的旧喜剧，只传下阿里斯托芬的十一个：《阿卡奈人》（公元前425年上演，得头奖）、《骑士》（公元前424年，得头奖）、《云》（公元前423年，得第三奖，比赛失败）、《马蜂》（公元前422年，得次奖）、《和平》（公元前421年，得次奖）、《鸟》（公元前414年，得次奖）、《吕西斯忒剌忒》（公元前411年）、《地母节妇女》（公元前410年）、《蛙》（公元前405年，得头奖）、《公民大会妇女》（公元前392年）、《财神》（公元前388年）。

诗人死后，柏拉图曾为他写过两行墓志铭：

美乐女神寻找一所不朽的宫殿，

她们终于发现阿里斯托芬的灵府。

阿里斯托芬的喜剧触及当日一切重大政治和社会问题，反映雅典奴隶主民主制危机时期的思想意识。雅典集团和斯巴达集团之间的政治、经济矛盾终于导致内战，一般按照亲雅典的观点，称为“伯罗奔尼撒战争”，意思是伯罗奔尼撒人（包括斯巴达人）首先发动的战争。按照亲斯巴达的观点，则应称为“阿提刻战争”，意思是阿提刻人即雅典人首先发动的战争。内战自公元前431年断断续续打到公元前404年，以雅典的失败告结束。战争一开始，雅典农村就遭到破坏，农民被迫放弃土地，避居城内，生活上非常痛苦。公元前425年，阿里斯托芬上演《阿卡奈人》，剧中的雅典农民狄开俄波利斯对战争感到绝望，私下与斯巴达人订立和约，遭到烧木炭的阿卡奈人（歌队）的反对。狄开俄波利斯在“对驳场”中争辩说，战争不过是为了互相争夺妓女，不能全怪斯巴达人，雅典当局也难辞其咎。他说服了烧炭人，然后向对方开放和平市场。这剧的政治作用，在于扫除群众中的报复心理，重建和平。诗人在《和平》中号召希腊各城邦的人民前来拯救被战神禁闭的和平女神。女神出现后，农民要回乡种地，倒霉的是贩卖兵器的商人。在《吕西斯忒刺忒》中，双方的妇女发动政变，迫使男子停战。诗人主张希腊各城邦联合起来，共同对付波斯人再度入侵的威胁。

阿里斯托芬拥护民主制度，希望人民当家做主，不要被人牵着走。战争期间，雅典民主制度逐渐衰落，权势人物特别是克勒翁把他们自己的意志强加于人民。诗人在《骑士》中，对克勒翁愚弄人民、拒绝和谈等罪行予以猛烈的抨击。当时克勒翁从斯法克忒里亚岛上生擒二百九十二名斯巴达人，胜利归来，气焰甚高，诗人却把他当作德谟斯（人民）的家奴，这人欺骗主人，压迫伙伴。伙伴们找来一个腊肠贩，这人更善于向主人献媚，夺取了管家的职位。腊肠贩得胜后，弃邪归正，并使德谟斯返老还童，也就是恢复旧日的民主制度和抗击波斯人的爱国精神。这剧是阿里斯托芬最尖锐、最有力的政治讽刺剧，深刻揭露了当时雅典政治的腐败情况。

喜剧《鸟》中有两个年老的雅典人，他们厌弃城市生活和诉讼习气，升到天空去建立一个“云中鹁鸪国”，切断天与地之间的交通。众神由于挨饿，只好向鹁鸪国求和，把统治权移交给鸟类。鸟国中没有贫富之分，没有剥削，劳动是那里生存的唯一条件。这剧的主题表示诗人幻想建立理想的城邦，恢复早已被破坏了的农村自然经济。

战争结束以后，雅典由于战败，经济崩溃，贫富之间的矛盾进一步激化，于是社会上产生乌托邦思想，要求平均财富。《公民大会妇女》中的妇女从男人手中夺获政权，实行财产公有，后来证明这个办法行不通。《财神》讽刺使人人富有而又不触犯私有制的乌托邦思想。

公元前 5 世纪下半叶出现智者派，这一派人提倡思想自由，怀疑神的存在；另一方面，他们又传授诡辩术，颠倒是非。《云》中的农民斯瑞西阿得斯因为负债甚苦，叫儿子到苏格拉底的“思想所”去学习口才。孩子学成之后，能言善辩，他回到家里，为饮酒诵诗的事，同父亲发生口角，并用诡辩方式证明儿子打父亲有理。老人在气愤之下，前去把思想所烧毁了。诗人借这剧批判智者派玩弄诡辩技巧，破坏古老的传统道德。这是诗人最得意的作品，不料二十五年之后（即公元前 399 年），这个喜剧却成为苏格拉底被判死刑的罪证之一。

阿里斯托芬在《阿卡奈人》《地母节妇女》等剧中，责备欧里庇得斯贬低悲剧艺术，描写妇女的激情，鼓吹无神论思想，对社会产生不良影响。他在《蛙》里比较埃斯库罗斯和欧里庇得斯的悲剧艺术，认为他们各有长短，但是埃斯库罗斯以崇高的思想和爱国的精神教育人民，而欧里庇得斯的悲剧则缺少教育意义。《蛙》是古希腊最早的文艺批评，又是文学作品，这是难能可贵的。

阿里斯托芬的喜剧特别是《鸟》和《蛙》对神抱嘲笑态度，这种态度是古希腊的戏剧节日所容许的，它并不破坏宗教信仰。实际上，阿里斯托芬的宗教观点，和他对政治、社会的看法一样，都是相当保守的。

阿里斯托芬认为喜剧诗人应该有严肃的政治目的。他把主持正义、挽救城邦、教育人民看作自己的责任。他的作品斗争性很强。恩格斯称他为“有强烈倾向的诗人”。

旧喜剧批评政治，抨击权势人物，因此受到这些人的反对。雅典法律于公元前416年禁止喜剧讽刺个人。从此，旧喜剧逐渐转变为“中期喜剧”。中期喜剧很少批评政治，只是讽刺宗教、哲学、文学，评论一般社会问题。《公民大会妇女》和《财神》已经具有中期喜剧的特点。

阿里斯托芬的人物都是一些类型，缺少个性和内心特征。诗人惯于使用夸张手法以产生戏剧效果，因此他的人物与历史上的人物有一定的距离，但本质上是真实的。

阿里斯托芬的想象力非常丰富，他的情节都是虚构的，往往流于荒诞，但剧中的主题是现实的。他的结构，一般说来，都很简单，有些松弛。他常常在剧中提出一个重要问题，剧中人物甚至歌队都环绕着这个问题进行论战，最后出现欢乐场面，以宴会、婚礼等告结束。

阿里斯托芬的风格是多样化的。他的“开场”往往充满民间滑稽剧的插科打诨。他的“对驳场”点明主题思想，比较严肃。在剧中人物代表诗人说话的时候，严肃与诙谐交织在一起。他的诗采用民间的朴素语言，掺杂着城市的优雅词句。至于他的合唱歌则是以优美的抒情风格写成的。德国诗人海涅曾说：阿里斯托芬的树上有思想的奇花开放，有夜莺歌唱，也有猢狲吵闹。

《马蜂》

内战前十年，雅典与斯巴达势均力敌，互有胜负。公元前 429 年，雅典城内发生瘟疫，伯里克理斯（Perikles）染病去世，政权落到克勒翁手里。克勒翁是激进民主派的“民众领袖”（这个词随即贬义为“政治煽动家”）。他采取严厉手段和高压政策。公元前427年，雅典人攻下了叛离以雅典为首的得罗斯海军同盟的密提勒涅（Mitylene）城，克勒翁建议杀尽该城的男子，次日公民大会重开，撤消了这条命令。公元前425年，斯巴达人在皮罗斯（Pylos）海战失利，重甲兵被围困在皮罗斯海前斯法克忒里亚岛上，他们因此向雅典人提出和平建议，这个建议被克勒翁拒绝了。公元前422年，克勒翁北上去收复安菲波利斯城，被斯巴达将军布剌西达斯打败，战死在城下，这是《马蜂》演出以后的事。公元前421年，雅典人攻下安菲波利斯旁边的斯客翁涅（Skione）城，他们按照克勒翁留下的建议，把所有的成年男子尽行杀戮。

《马蜂》这剧的攻击矛头是针对克勒翁的，这一点从剧中人物的名称“菲罗克勒翁”（意思是“喜爱克勒翁的人”）和“布得吕克勒翁”（意思是“憎恨克勒翁的人”）就可以看出来。诗人把克勒翁当作贪婪成性的“鲸鱼”，咒骂他分化群众，欺骗人民。攻击克勒翁是一件很危险的事。早在公元前426年，阿里斯托芬上演《巴比伦人》，嘲笑雅典盟邦的使者太天真，受了雅典权势人物的欺骗。克勒翁为此以诽谤城邦的罪名控告阿里斯托芬，说他是外邦人，不得享受雅典的公民权。诗人在《阿卡奈人》中（第377行以下）借狄开俄波利斯的嘴说:“我也没有忘记去年我那个喜剧叫我本人在克勒翁手里吃过什么苦头:他把我拖到议事院去，诬告我，胡说八道，嘴里乱翻泡，滔滔不绝，骂得我一身脏，几乎害死了我。”可是诗人不但没有被吓倒，反而在《骑士》中对克勒翁发出更猛烈的攻击。他在《马蜂》中（第1021行）借歌队长的嘴说，他后来上演《骑士》，是“公开地亲自冒危险”。《骑士》上演之后，诗人一定受到克勒翁的进一步迫害。他在《马蜂》中（第1284行以下）借歌队长的嘴说:“有人说，在克勒翁折磨我、迫害我、用恶毒的话刺激我的时候，我同他和解了。后来他又剥我的皮，那时候局外人看见我叫苦连天，他们大笑；他们对我不但不关心，反而想看我在受压迫的时候讲一句笑话。我注意到这情形，顺便玩了一点猴子把戏；你们现在看，木桩欺骗了葡萄藤。”尽管斗争是这样艰苦，诗人还是在《马蜂》中再次抨击克勒翁，由此可以看出诗人的勇气。这就是本剧的主要政治意义。

雅典有六千个陪审员，是用抽签办法从公民中挑选出来的，几乎每个公民都有机会当选。这种挑选办法和陪审制度是雅典的民主措施。雅典法庭每年开庭三百天左右，每天开十个法庭，每个法庭有五百个陪审员，重要政治案件由一千个陪审员判决，这是无法临时收买的。

古雅典人爱打官司，这是一个不良的习气。但是从诉讼中产生了一种很好的副产品，就是诉讼演说。诉讼演说可以请人代写，但须由当事人亲自在法庭上背诵。公元前 5 世纪、4 世纪期间，雅典产生了十大演说家，他们大都写过诉讼演说，这些演说是古希腊散文中的优秀作品。

内战期间，雅典的年轻人和中年人出外打仗，国内剩下的是老年人，其中大部分是农民。这些农民依靠陪审津贴勉强能维持生活。克勒翁在公元前 425 年把陪审津贴由两个俄玻罗斯提高到三个俄玻罗斯，借此笼络人民，以便在公民大会上操纵他们。剧中的陪审员是上了克勒翁的当，还以为自己大权在握，是城邦的主人，其实是政治煽动家的奴隶。诗人讥笑这些陪审员太天真、愚昧，对他们提出善意的劝告。他把他们当作马拉松时代抗击波斯人的老战士和雅典农村的劳动人民，对他们表示同情与怜悯，并没有憎恨的意思。

菲罗克勒翁冷酷、凶狠、顽强，动不动就像马蜂那样发怒。他的性格很坚强，不容易改变，所以布得吕克勒翁要改造他，很是困难。但他终于清醒了，对克勒翁的蒙蔽和诉讼恶习有了认识。

这剧的结构是旧喜剧一般结构。斗争胜利之后，是一些戏谑、欢乐的场面，与前面的布局没有什么联系。两条狗的诉讼场面，非常滑稽可笑，这也反映了雅典的政治生活。

《马蜂》是阿里斯托芬的成功的作品，得次奖。那次比赛得头奖的是菲罗尼得斯（Philonides）的喜剧《预赛》。由于阿里斯托芬写过一个讽刺欧里庇得斯的喜剧《预赛》，因此有人断定菲罗尼得斯是阿里斯托芬的化名。

1980年10月

注　释

[1] 此篇译后记分作三部分，现将前两部分附在与之相关的《马蜂》后，另一部分附在《地母节妇女》后。不再说明。——编者注